ブギーポップ・スタッカート
ジンクス・ショップへようこそ
上遠野浩平
Kouhei Kadono
イラスト●緒方剛志
Kouji Ogata

やってくる、やってくる
闇の運命がやってくる
赤い糸に導かれて——
不安があるけど
身を隠す穴があるから
恐怖があるけど
命を守る壁があるから
でも、口笛が聞こえてくる
それは決して消せない予感
やってくる、やってくる
黒い死神がやってくる
赤い糸を断ち切りに

GIMME
SHELTER

夜の中を走る我々は

自分たちの足元さえ見えず

通り過ぎていく光はすべて

自分たちとは無縁で

夢も恥も彼方に消えていき

周囲には昏い闇が漂うだけ

何処に向かおうとも

到着する先は運命の糸の内で

己の願いさえ定かにせぬまま

生きるが如く

夜の中を走る

SHAME FACE

世界の奴らはみんな馬鹿で阿呆で間抜けで糞で滓で――屑めが
WHITE
RIOT

SWITCHSTANCE
楽しいな、楽しいな
人と接するのは楽しいな
だって皆、あたしのエサなんだもの

Design：Yoshihiko Kamabe

「それは違うね、世界の危機というのは、その辺にごろごろしているものさ」

――『天より他に知る者もなく』より

四つの選択肢の中から一つを選ぼうとすると良くないことが起きる。

——根拠のない迷信

それは、とりとめのない悲劇の、ある一幕の終わりあたりの出来事である。

「なるほど……それではあなたが、世界の敵を滅ぼす者ですか」

その男は、目の前に立つ黒い影に向かって静かな声で話しかけた。

「君は、自分を世界の敵だと思うかい」

筒のようなシルエットをした、人であって人でない奇妙な影は、男に向かって穏やかな口調で訊《き》く。

「そうですね——正直なところ、私自身にもわかりません」

男の声はややかすれていた。その声には衰弱が感じられた。疲労や苦痛、そして何よりも老いが、そこには滲《にじ》み出ていた。

「私としては、ずっと怖かった——いや、自分こそが選ばれた者で、世界の頂点に立つのだという気分も、確かにあった——しかし」

男の口元に皮肉っぽい笑みが浮かぶ。

「それよりも、自分がどこにもつながっていない存在ではないかという、不安の方がいつも、ずっと多かった——ふふ、こんな爺《じい》さんが子供のようなことを言うみたいですが、なにか、いつもめそめそ泣いているような、そんな感じがつきまとって離れなかった——迷子《まいご》のように、ね」

「どこにもつながっていない感覚、か——それが、彼女に対する忠誠に転じたというわけかい」

「——忠誠、忠誠ね……」

男は少し、沈んだ顔になった。

「そんな立派なものじゃあなかった——私は、結局のところ、自分のためにお嬢様を利用していたような気がしてなりません。彼女はいつも危なっかしくて、私が自分の不安を感じている余裕を与えてくれなかった——それが楽だったのかも知れません。お嬢様を守っていたのではなく、私の方こそ彼女に守られていたような——彼女の〝夢〟がなければ、私の人生はきっと、おそろしく味気ないものになっていたでしょうしね——それこそ、あなたともっと早く会っていたかも知れない。殺し合う敵同士として、ね」

男の言葉に、黒い帽子を被《かぶ》った影はうなずいた。

「人は夢がなければ生きてはいけないものだ。そういう意味では、あなたは、このぼくよりも人間に近い存在なんだよ。どんな星の下に生まれついても、世界の敵にはなりきれなかったただろうね」

「――ですかね」

男は弱々しく微笑んだ。

「つまらない、くだらないジンクスに引っ張られましたよ、まったく――結局、こいつは何だったんでしょうか。断音符《スタッカート》ばかりで作られた、ちぐはぐでばらばらな、聴くに耐えない交響曲のようでした――運命の皮肉というが、それにしてもほどがある。何を恨《うら》んでいいのかさえ、よくわからない――世界を憎めたら、きっと楽なんでしょうが――」

「もっと楽な道もある」

「え？」

「自分を心の底から憎んでしまえば、もう何も憎まなくてすむ」

黒帽子の声はおそろしく突き放した、冷たい声だった。

「…………」

男は一瞬、その凄《すご》みにひるんだ。しかしすぐにまた口元に笑みを戻して、

「……そりゃあ、そうだ――それが世界の敵になる、資格と言うわけですか」

「自分さえ許さなければ、後は誰も――何一つ許す必要がなくなるからね」

黒帽子は素っ気ない口調で言った。

「君はさっき、自分が何ともつながっていないような気がすると言っていたが――そんなこと

はあり得ないんだ。すべてのことは、あらゆることとつながっていて、だからこそ、運命というものは馬鹿馬鹿しいくらいに身も蓋《ふた》もないし、くだらないジンクスが、時として不思議な力を持ったりするんだよ」

「なるほど――うぶっ」

男の口から夥《おびただ》しい血があふれ出た。それは吐血と言うには少しばかり量が多すぎた。内臓が傷ついているというレベルではなく、ぐしゃぐしゃに砕けているのだった。

それを見ても、黒帽子はまったく表情を変えない。冷ややかに見おろすのみだ。

「……私は、死ぬんですね」

男は落ち着いた声で言った。

「そうだね」

黒帽子も躊躇《ちゆうちよ》なく即答した。

「あなたの言うとおりなら、私の死は――私だけでは終わってはくれないんですかね――何かにつながってしまう、と……？」

「そうだろうね」

黒帽子は囁《ささや》くように言った。

「人は、自分以外の何かのために生きている。しかし、その目的を知ることができる人間はほとんどいない」

影の言葉に、男はやれやれと首を横に振った。そしておどけるように、

「結局、私はツイていなかっただけでしょうかね。そんな気もしますよ——私の誕生日は十三日の金曜日だったんですよ？」

と肩をすくめてみせた。

「そんなものは——それこそつまらないジンクスだよ」

皮肉っぽくも優しげな、左右非対称の奇妙な表情を浮かべて、死神は静かに言った。

BOOGIEPOP
STACCATO

ジンクス・ショップへようこそ

"WELCOME TO JINX SHOP"

第一節
紺色の靴、白い動悸

1.

「人間には夢が必要なのよ、わかる?」

ホテルのティールームの隅のボックス席で、不二子《ふじこ》は熱弁を振るっていた。

「……かも、な……」

相手をしている男はぼそぼそとした声である。やる気がないというか、何かに動じるといった様子がまるで感じられない。顔も前髪に半分隠れていて、表情もほぼわからない。

「なんかさあ、決まっちゃってるでしょう色々と。でもそれだけだと全然なんか足りないわけよ」

「決まっていることは……他に方法がないためであることが……ほとんどだ」

男はぼそりと呟《つぶや》くように言った。

む、と反論を受けて不二子がちょっと黙ると、男は、

「新しいことは、常に……失敗する方が多いものだ……」

と囁く。

「それは、ぶざまに裁判で負けた私への嫌味かしら?」

不二子が少しむくれてみせても、男は、

「……普遍的事実だ」

と素っ気なく言った。不二子はため息をついて、

「まあいいわ。だったら慎重にやればいいだけの話よ。最初は小規模で行けばいいわ。ショップの構えだってこぢんまりとする。店舗は今、空の物件がひとつ手持ちであるから心配ないしね。どう？」

と男に問いかけた。

「……君が表に立つという条件が、確かならな……」

男は、やはり半ば無関心のような態度である。

「うーん、それはどうしても仕方ないの？　あなたって結構、神秘的に見えるから売りになると思うんだけどねえ。オキシジエン」

彼女は男を奇妙な名で呼んだ。

「……そんなことのために、この街に来たわけでは……ないからな」

「あら、じゃあなんのために来たの？　目的があるなら手伝ってもいいけど？」

「遠慮する」

男は素っ気ない。

「冷たいわねえ。この街になにかあるのかしら？」

「ここで……一人の男が死んだ」

「へ？」

「その男は、ある仕事の途中だった……結果を報告する前に、死体で見つかった……その理由を知るために……僕は、自らここに来た」

「男、って——どんな人？」

「ひとでなしだ。醜悪《しゅうあく》を寄せ集めて造られたような奴だった——名前はスプーキー・エレクトリック」

男は淡々と、ぼそぼそと喋《しゃべ》っている。

「奴自身にも知らされていなかったが、奴の仕事には真の目的があった——それは、世界を継ぐ者……その候補者を見つけること。だがその途中で奴は死んだ。しかしその死はある意味で、この街になにかがいるということを意味している……スプーキーEは、その点では仕事を果たしたのかも、知れない……」

その言葉の内容は、一般の人間である不二子には理解できるはずのない内容であった。そして、その必要もなかった。不二子は男の話の途中から、視点が定まらず、ぼーっ、と宙に視線をさまよわせていたからだ。

聞くべきでないことは、無意識が本能的に拒絶し、理解し記憶することを拒否する——そんな感じだった。

ホテルのウェイターが近づいてきて、空になっていたグラスに水を注いだ。そこで不二子に、はっ、と眼の焦点が戻った。

「えーと……なんだったっけ。ああ、そうそう、ショップの話だったわね。だいたいわかってもらえたかしら？」

「いや……もう一度、説明してくれ……」

男はぼそぼそと、囁くように言った。

「えー？ まあいいけど。よく聞いてよ――」

不二子はふたたび熱弁を振るい始めた。

そもそも事の起こりは、その一時間ほど前に遡《さかのぼ》る――。

その日、楢崎《ならさき》不二子は機嫌が悪かった。

「うーっ――あーっ、もう、いらいらするわね……！」

気晴らしと思って服を買いに街へ出てきたものの、バーゲンセールとかち合ってしまい、大騒ぎしていた学校さぼりの女子高生たちに押しのけられる始末で、実に腹立たしい。店の人間が飛び出してきて、上客である彼女にぺこぺことあやまったが、その態度にも訳もなくムカムカして、結局何も買わずに出てきてしまった。

で、ぽっかりと予定が空いてしまい、迎えが来るまであと二時間以上もある。家に電話をすればすぐに車を回してくれるだろうが、いつも迷惑を掛けている執事の伊東谷《いとうや》には、こんなことで余計な気を使わせたくない。

馴染《なじ》みのホテルのティールームでコーヒーでも飲むか、それともまだ陽も高いが、いっそのことバーラウンジでマティーニでも引っかけてやろうか、と彼女は駅前の広場にやってきた。

平日の午後の街並みは、そこそこの人出だった。彼女はタクシーを拾おうとその間を抜けていこうとして、

「ん……？」

と一人の痩《や》せた男に眼を止めた。

いや、たぶん男なのだろう——顔が半分隠れる中途半端な長さの長髪に、中性的な顔立ちをしているが、女性には見えないから、どうやら男のようである。

その男は、なにか奇妙だった。

歩道の真ん中に立って、空を見上げている。

「………………」

ぶつぶつと何やら独り言を呟いていて、はっきり言ってかなり気味が悪い。

しかし、周りの者たちは誰もそんな男に訝《いぶか》しげな視線を向けたり、殊更《ことさら》に無視したり、離れて距離を取ろうとしたりしない。まるで彼が電信柱か何かのように自然に、すっ、と逸《そ》れて通り過ぎていく。

男は、周囲の人々からどこか超然として、空を見上げ続ける。

不二子も釣られて空を見てみるが、別に何もない。ただ晴れ渡った空に、薄い雲がみっつほど流れているだけだ。

「……？」

不二子は男に眼を戻した。

すると男はもう空を見ていなかった。人混みの方に眼を移している。

それから足元に手を伸ばし、地面に落ちていた物を拾い上げた。遠目からはよくわからないが、どうやら煙草の吸《す》い殻《がら》のようだ。

街の美観維持に協力、というタイプにはとても見えないので、あれ、と思ったら、男はその吸い殻をぴん、と指先で弾いて飛ばしてしまった。

（……なんなの？）

風に乗ったのか、その吸い殻は予想以上に遠くまで飛んでいき、そして道の向こう側を歩いていた女の子の額に当たった。

「……っ？」

女の子は額に手をやって、あたりをきょろきょろと見回した。

そして——次の瞬間、女の子の目の前に大きな鉄骨が一本、突然に上から落ちてきた。

——ずん。

と鉄骨はアスファルトを貫いて、舗道上に突き立った。

「────！」

周囲は騒然となった。上に設置されていた看板の一部が金属疲労か何かで折れて、落ちてきたのだった。

「な、なんだ一体？」

「お、おい君、大丈夫か？」

茫然《ぼうぜん》と立ちすくむ女の子に、周りの人々が声を掛けると、彼女はその場にへたりこんでしまった。

「もうちょっとで直撃だったぞ──危なかったなあ」

「ツイてたな、ほんとに」

ざわざわとざわめきが広がっていく。しかし不二子だけはそこで起こったことの異常さに気付いていた。

（な、なんなの──今の──あの男は?!）

彼女は、吸い殻を弾いた男に眼を向けた。彼は、その騒ぎの方に眼を向けることもなく、そのまま平然とした態度で歩いていってしまう。

「ち、ちょっと！」

彼女は声を張り上げて、男を追いかけた。男は人混みの中なのに、まっすぐ進んでいく。周りの人々はどういう訳か、彼の方を見もしないのに彼の近くに来ると自然とその道を空けるような足取りになる。

しかし不二子の方は、前に横に揉《も》み合う人がそのコースを塞《ふさ》いでうまく走れない。

「ちょっと――そこの人！　待ってよ！」

不二子が大声を張り上げると、男が立ち停まった。

「…………」

無表情で、こっちの方を振り向いた。その視線を真正面から見て、不二子は急に、

――ぞくっ、
と背筋が寒くなるのを自覚した。怖いというのではない。胸が高鳴った訳でもない。びっくりしたのでもない。ただ――凍りつくような感じがしたのだ。

「え、えーと、その……」

彼女はそれでも、男の方へと足を進めた。男はその場で彼女が来るのを待っている。

「……あの、あなた……今、えーと」

不二子はなんと言っていいのかよくわからなかったが、しかし彼に話しかけなければという、妙な感覚にとらえられていた。

「そ、空を見ていたわよね？」

「…………」

男は無言で、このいきなり話しかけてきた女の顔を見つめた。

「それから、吸い殻を拾って——それで……えーと」

不二子がしどろもどろに、自分が見たものを説明しようとしたら、男はぼそりと、

「……認識できたのか……僕のことを……」

と、囁くように言った。

「え？　ええ——」

不二子はとまどいつつも、うなずいた。すると男もうなずいて、

「なるほど——つながりが……あるようだな……」

ぼそぼそと、よく聞き取れない声で、独り言のように言った。

「は？」

不二子にはなんのことか、よくわからない。

「あ、あの——あなたには前からわかっていたの？　あの鉄骨が落ちるって」

言いながら、しかしそんなことがあるわけないと不二子は自分でも思った。落ちそうだということは推測できても、その完璧なタイミングまで特定することなどできるわけがない。

「……〝雲が、正三角形を描いて配列しているときは、その中心の真下は注意。思わぬことが起きる〟……」

男はぼそぼそと、しかし妙に耳元で囁かれるようなはっきりとした声で言った。

「……は？」

不二子は、男が何を言ったのか一瞬理解できなかった。

「……えーと、それってジンクスかしら？」

なんだか〝おまじないブック〟とかに書かれていそうなフレーズである。

「世界の……因果は不条理と、理不尽と、皮肉に満ちている……」

男はなにやら神秘的なことを言ったが、口調があまりにも淡々としていて、まったく迫力がない。

そして男は不二子の方を見て、彼女の足元に眼を落として、その履《は》いている紺色のパンプスを見て、そしてぼそりと、

「……手遅れだったな」

と呟いた。

「え？　え？　な、なんのことよ？」

「今日は、黒か、青の系統の靴を履くと、目的地で苛立《いらだ》ちと出会うことになる……もう、出会った後だ」

ぶつぶつと陰気な念仏、という感じで言われたが、その内容に不二子としては仰《ぎょう》大《しん》せざるを得ない。

「な、な、ななな──なんでわかったの？」

それはどう考えても、さっきのブティックでの出来事を表しているとしか思えない。この男

はこっそりと蔭から見ていたというのだろうか？　いやそんな馬鹿な。その後で駅前に出てきたのは完全に彼女の意志だし、そしてそこであの鉄骨が落ちるという事態が偶然重なるとか、そんな途方もない可能性が一致することなどあり得ない。

「……わかったわけではない。どんな目にあったのかは、僕にもわからない。ただ……因果のつながりが……感知できるだけだ」

訳のわからないことを言う。これは要するに、何が起こるのかはわからないが、それを導き出すジンクスのようなことは、感じられるということだろうか。

「……で、でも……そんなことあるの？」

不二子が茫然としていると、男はまた背を向けて歩き出してしまった。

「……あ、ああ！　ちょっと待ってよ！」

またしても不二子は男を追いかける。

「ね、ねえ——少しでいいから話をしましょうよ」

この謎めいた男に、不二子はどうしようもなく興味をそそられていた。

「…………」

男は無言で、不二子の呼びかけに応じて足を停めた。

「一緒に食事でもしない？　お酒の方がいいかしら」

不二子は言いながら、なんだかナンパしているみたいだなと思ってくすぐったくなった。男

はしかし冷ややかに、

「早く帰った方がいい……靴を履き替えないと、苛立ち遭《あ》い続けるぞ」

と言った。これに不二子はあっさりと、

「ああ、この靴？　こんなものは」

言いながら、彼女はあっさりと舗道上でその高そうなデザイナーブランドの靴を脱いでしまった。そして横にあったゴミ箱に放り込んでしまう。

「今すぐ履き替えるから、大丈夫よ」

と言って、そのまま目の前にあった靴屋に入っていく。そこでも馴染みの上客である彼女に店員がすぐさま飛んできて、新しい靴を用意した。

「お待たせ。この色はどうなの？」

不二子はシックな赤茶色を基調としたハイヒールを履いてきて、男に示した。

「………」

男はこの彼女の即断即決ぶりに特に驚く様子もなく、ただ、

「……金持ちの、ようだな……」

とぼそぼそと言った。

「まあね。でも裁判で負けちゃってね。会社取られちゃったから今は無職なのよ。だから暇なの。どう、食事に付き合ってくれないかしら？」

「…………」

男は即答せずに、しかし気圧《けお》された様子もなく、不二子に遠慮のない観察するような視線をしばらく向けてきた。

不二子も悪びれずに、男を見つめ返す。

このとき、不二子がもう少し注意深ければ、周囲の彼らを見る目が異常だったことに気づけたはずだ。別に不審の目で見られていたわけではない。むしろその逆に、彼らの会話が耳に入るはずのごく近くを通る者たちでさえ、あの異様な会話にまったく無反応であったこと——その異常さを悟《さと》ったはずだ。

だが、彼女はこの男ばかりに注目していたので、そんなことまで頭が回らなかった。

「……そうだな。それも……いいだろう」

やがて男はぼそりと肯定を示す言葉を発した。

「決まりね。私は楢崎不二子って言うの。あなたの名前は?」

この至極当然な問いに、しかし男の答えは奇妙なものだった。

「……〝オキシジエン〟だ」

その単語は〝酸素〟という意味である。それはこの存在感が空気のように希薄な男にはふさわしい呼び名だったが——しかし酸素というのは、実は地上にある物質の中でも有数の劇物なのだ。そう——冷たい物理法則が支配する世界の中で本来あり得ぬ〝生命〟というものを生かしておくだけの激烈さを持っているのである。

「……は？　なにそれ、綽名《あだな》？」

「他の者は、そう呼ぶ——呼びにくければ、柊《ひいらぎ》と呼んでもいい」

回りくどい言い方をした。

「あ、そう——えーと、じゃあ柊さん。私が店を決めてもいいわね？」

不二子は男の奇妙さに戸惑《とまど》うどころか、逆になんだか浮き浮きしてきていた。

＊

「……だからさ、これは絶対に当たると思うのよ。みんな、そういうものを絶対に求めているんだから」

不二子はホテルのラウンジで、ひたすらにオキシジエンに向かって熱弁を振るっている。

「絶対、ね……」

オキシジエンは、彼女が二回も繰り返したその言葉を反芻《はんすう》した。それはどこか皮肉っぽい、揶揄《やゆ》のこもった口調だったが、不二子はそんなことには気がつかず、

「そうよ、絶対よ！　ああ、私には見えるわ。この店には大勢の人が押し掛けて、みんなそれを欲しがるようになるんだわ」

彼女の中で、そのショップのイメージはどんどん膨《ふく》れていくらしい。やがて彼女はぶつぶつと呟きだして、それは節《ふし》のついた歌になった。彼女は、突然歌い出したのである。

「ジンクス・ショップへようこそ
世界中でたったひとつだけの
あなたのための、あなただけの運命
そいつを知りたいと思いません？
難しいことはなんにもありません
誰でも簡単、すぐさま理解
わかりやすい言葉で説明できます
カードを見ればたちまち納得
あなたも試さずにいられない
ジンクスは人生の裏技
こんなのちょっとズルいかも
でもでも、少しだけなら、ね？
生活の、ちょっとした道しるべ
あなたのための、あなただけの運命

「ジンクス・ショップへようこそ！」

感極まったように、両手を広げて立ち上がっている。他の客の中には、何事だ、と彼女の方を見ている者もいるが、ラウンジの従業員たちは見て見ぬ振りをしている。おそらく彼女がこんな風に突然興奮するのは、よくあることのようだ。お得意さまだから黙認されているのである。

「…………」

オキシジエンも、その表情には驚きも動揺も軽蔑《けいべつ》も何もない。ただ、静かに彼女を見つめているだけだ。

「どう？　こういう歌をつくってさ、店先に流したりするのよ」

「…………」

オキシジエンは冷静な眼で、自分の眼を覗き込んできた彼女を見つめ返すだけだ。

その視線に、さすがの不二子もちょっとたじろいで、

「……ま、まあ歌が気に入らないなら、別になくてもいいけど。でもとにかく、そういう感じよ。わかるでしょ？」

この問いに、オキシジエンは即答しなかった。

そして少しの間を置いて、ぼそりと呟く。

「……なかなか、興味深いな」

「そ、そうでしょう？」

不安そうだった不二子の顔がぱっと明るくなった。

「じゃあ乾杯しましょう！　きっと成功間違いなしよ！」

彼女はグラスを上げて、そして喉《のど》に一気に流し込んだ。

「ああ……どうやら、底無しの暗闇と〝糸〟が繋《つな》がっているようだ――」

最後にオキシジェンが囁いた言葉はあまりにも低く、喜びに浸っている不二子の耳には届かなかった。


……これが、ジンクス・ショップの始まりであり、一連の惨劇《さんげき》の始まりでもあった。


〝ギミー・シェルター〟

〝ホワイト・ライアット〟

〝ジェイム・フェイス〟

〝スイッチスタンス〟

この四つの異なる可能性が、ジンクス・ショップという触媒の下で複雑な反応を起こし、不条理で、とりとめがなく、皮肉としか言い様のない理不尽な結果をもたらすことになる。

その原因不明の運命が果たして何に向かっていたためのものだったのか――この時点はもと

より、ほとんどの事態が終わった後になっても、知る者はほとんどいない——。

2.

「ジンクス・ショップ？」

大学生の高木耕作《たかぎこうさく》は、同じ学校に通う彼女の峰子《みねこ》からその名を聞いて、何のことかと最初は思った。

「そう、ジンクス・ショップよ」

峰子はなんだか得意げに言った。

「なんだそりゃ」

「とにかくすごいのよ。もうびっくりなんだから」

峰子はやたらと興奮している。

「言われた通りのことが起こるのよ。ほんとなんだから」

「なんだ？　予知とか透視とかのヤツか？」

「いや、そーゆーんでもなくて——なんて言ったらいいんだろう。ジンクスなのよ、だから」

彼女の説明はさっぱり要領を得ない。

「なんのジンクスだよ？」

彼の知っているジンクスというと、プロ野球で一年目で大活躍した新人は二年目になると駄目になる、といったようなものしかない。

「なんでもよ。色んなコトがぜんぶジンクスになるの」

峰子は眼をキラキラさせている。

「なんだよそりゃ、ずいぶんと縁起悪そうだな」

耕作がうんざりした顔をすると、峰子は少し慌《あわ》てたように、

「違うのよ。別にジンクスって言ってもそんなに悪い意味じゃないわ。なんてのかな——裏ワザ、とか？」

訳のわからないことを言いだした。

「……何の裏ワザなんだ」

「えーと、人生の、とか」

ずいぶんと大仰《おおぎょう》なことを言う。

「…………」

耕作の目つきがあからさまに胡散臭《うさんくさ》いものを見る目になったので、峰子はますます焦《あせ》って、

「いや、別にセミナーとかでお金取るとか、そっち系のじゃないから。ほんとにただ売ってくれるだけなのよ」

「何を？」

「だから、ジンクスを」

「馬鹿高い、幸運のペンダントとかじゃねーだろうな？」

「ああ、だから違うって。そんなに高くないし――。値段も五百円から三千円までしかないのよ。カードはみんな同じだけど」

「……カード？」

「カード自体には別に効果はないらしいわ。ただ内容が書いてあるだけ。――ああもう、とにかく実際に行った方が早いわ」


峰子が耕作を連れていった先は、駅前の大きな総合百貨店だったので少し意外だった。

「なんだ、ツイン・シティの中にあるのか？」

それなら、それほどおかしなものであるとも思えない。この建物は二つの大きなビジネスビルをデパートメントストアでつなげるような構造になっていて、近隣では最も大きなものだ。

「いや、ここは通るだけ」

峰子はそう言って、さっさと百貨店の華やかな店内を素通りした。

「通るって――どこに行くんだよ？」

「ここの裏口から出るのが一番近いのよ」

どんどんと店内の、人のいないような区画に入っていき、そしてエレベーターやエスカレーターが使われるのでほとんど人通りのない階段の、その側《そば》にある小さな出口から彼女は出ていってしまった。

「お、おい」

耕作はツイン・シティにこんな出入口があることさえ知らなかった。

そこから外に出ると、繁華街のすぐ裏手だというのに、見事なくらいにしーんと静まり返った空き地が広がっていた。百貨店は賑やかな駅前通りの、いわば終点に当たる位置にあるから、その先にはもう人は来ないのだ。

(確か、再開発が途中で止まっているっていう話だったな……)

耕作はそんなことを思い出した。空き地に立てられる予定のビルは、更地にされて何年も経《た》つのに、まだ着工さえされていない。

「どこ見てるのよ、こっちよ」

後ろから峰子に声を掛けられた。

「こっちって、そっちには——」

ツイン・シティしかないだろう、と言いかけて、その耕作の表情が固まった。

確かに、そっちには二つのビルからなる大型百貨店があった。しかし、その上から見るとH型をした建物の、凹《くぼ》みに当たる部分に彼の視線は向けられていた。

「なんだこりゃ？」

思わずそう言ってしまう。それはふたつの大きなビルの間に挟まれて、後ろも百貨店の建物に塞《ふさ》がれた、おそろしく陽当たりの悪い土地だった。

そこに、ぽつん、と取り残されたようにひとつの建物がある。

周囲のぴかぴかしたツイン・シティの外装とは対照的に、壁はコンクリートが剝《む》き出しになっていて、一階正面には大きなガラスのドアが塡《は》め込まれている。そこには白い文字でこんな言葉が書かれている。

〝あなたの生活にささやかな指針を〟

そして上の小さな看板には〈ジンクス・ショップ〉と書かれているが、これは小さくてよく観察しないと見つけられない。

「指針……?」

「さ、入りましょ」

峰子は耕作を引っ張るようにして建物の中に導いた。

店内はがらんとしていた。一階には何もない。ベンチが並んでいるだけだ。待合室ということなのだろうか。

「今日は空《す》いてるみたいだわ」

「いつも、じゃねえのか？」

「そんなことないのよ。混んでるときは整理券が配られるんだから」

言いながら、峰子は奥の階段を昇って上に行く。

耕作はちょっと緊張していたが、二階にあったのはあきれるほど素っ気ない内装の、受付のある事務室だった。

「いらっしゃいませ！　ジンクス・ショップにようこそ」

受付に座っている女性が明るい声を掛けてきた。

「今日は二人なんですけど――」

峰子が慣れた調子で受付に言って、一枚のカードを差し出した。

「返却割引は利きますか？」

「はい、結構ですよ」

受付嬢はニコニコしながら峰子の出したカードを受け取った。カードの表面には何も書かれていない。

「………」

耕作は受付の向こうの事務室に目を向ける。そこには他に、一人の人間がいるだけだ。

（女――いや、男か？）

そいつの性別が、彼には一瞬よくわからなかった。女のような顔をしているというか、男のような顔をしていないというか、性別を表すような特徴が希薄なのだ。全体的に印象の薄い人物だった。しかしその細い体格はどうやら男のようだ。年齢もはっきりしない。引き締まった十代と言ってもいいし、痩《や》せた三十代と言っても通りそうだ。

すべてがはっきりしないヤツだった。前髪が眼の上にまで被っている髪の長さもなんだか中途半端だ。耕作はなんか〝ゲゲゲの鬼太郎〟を連想した。

受付嬢がそいつに峰子のカードを渡した。そいつはカードを受け取ると、事務机に着いてペンを取る。

「それで、どんな設定をご希望ですか？」

受付嬢が峰子と耕作に訊いてきた。

「えーと、二人の、一回きりのジンクスをお願いします」

「かしこまりました」

受付嬢が頭を下げると、後ろの男がカードに何やら書き込み始めた。

前に広げてある分厚い本の文章を写しているようにも見えるし、適当にすらすらと書いているようにも見える。

すぐにそいつは作業を終えて、受付嬢にカードを戻した。

「はい毎度ありがとうございます。今回のジンクスはこちらになります」

と、受付嬢がカードを峰子に渡そうとしたところで、耕作がそれを横取りして、

「ちょっと待った、そんなカードにちょっとメモしただけで五百円も取るのか？」

と強い口調で文句を言った。

「ち、ちょっと耕作」

峰子があわてて彼の腕を摑《つか》んだが、耕作はかまわずにさらに強い調子で、

「何を書いたか知らないが、そこの男がチョコチョコとやっただけじゃねえか。それで五百円というのは無茶だろう」

耕作は事務机の男を睨《にら》みつけた。

「…………」

しかし男は、その耕作の視線を平然と受けとめ、前髪の隙間から覗《のぞ》く眼で見つめ返してきた。

そして呟くように、言う。

「……人は……世界の……すべてを知っているわけではない……」

そのぼそぼそ声は、何故か耳元で囁かれているように耕作の耳にははっきりと届いた。

「は？」

「……認識は……それのない人間はいないが……正しく使っている者もまた、いない……」

何を言ってるのか、どうにもわからない。しかし、

「———」

耕作は、なんだかわからないが、男の眼を見ていると力が抜けていくような、奇妙な感覚を

覚えていた。

「ち、ちょっと柊、相手はお客様よ」

受付嬢が男を制止するように言葉に割り込んできた。そして耕作の方に精一杯作った笑顔を向けながら、

「お客様は初めてのようで、まだ当店のサービスの仕組みをご理解いただけていないようで、ご説明させていただけますか？」

と慣れた口調で言った。

「お、おう」

耕作は口ごもりつつ返事した。受付嬢はうなずいて説明を始める。

「まずそちらのカードでございますが、プリペイドカードとしてもご使用いただけるようになっておりまして、万が一、商品にご不満をお感じいただいたときはそのまま賠償としてご使用いただいて結構です。もちろん金額は代金と同額です」

「そ、そうなのか？」

「次のご利用の際にそのカードをお持ちいただければ、割引サービスを受けることができます。ですから今回の場合も五百円ではなく四百五十円で結構です。――とにかく」

受付嬢は、ここぞ、と魅力を全開にしたニコニコ顔をしてみせた。

「まずはお試し下さい。それから苦情をうけたまりますから」

きっぱりと言う。

「……わかった」

返事にも力がない。受付嬢に説得されたというよりも、まださっきの——

（あいつ——ヒイラギとか言ったな）

あの柊という男の視線が身体を縛り上げているような感覚が残っていたのだ。ちらっと横目で見たが、もう耕作の方は見ていない。席について、机の上の本に視線を落としている。

「もういいでしょ耕作。カードを返してよ」

峰子が怒っていた。耕作はそれまで眼もくれなかったカードをやっと見た。

そこには妙な言葉が書かれていた。

〝赤信号に三回連続で引っかかると、ちょっといいことが起きる。黄色に二回連続で当たると、少し寂しいことが起きる〟

そして少し離れたところに〈Oxygen〉と小さくサインが入っていた。

「な、なんだこれ……？」

「だから、ジンクスですわ」

受付嬢がうなずく。

「あ、あんたが考えたのか?」

耕作は受付の向こうの柊という男に訊《たず》ねた。

これに柊は返事をせず、受付嬢が、

「それは当店の秘密になっております。誰が考えたとか、どうやって決めているとかの質問にはお答えできません」

と少しきつめの口調で言った。

「ほら、いいからあたしにも見せてよ」

峰子《も》が耕作の手からカードをひったくるようにして取り戻した。それを見て「うわ」とか声を漏らす。

「そのカードはお二人以外の、他の方にはお見せにならないように。効果がなくなります。そして特殊なインクを使用しておりますので、いずれ書かれている文字は消えます。消えたときはジンクスの効果が切れたとお考えください」

受付嬢が耕作に向かってさらに説明した。

「…………」

しかし耕作はそれに返事せず、柊という男の方を見ていた。

彼はもう、こちらの方を見ていない。さっきの耕作の詰問にもまったく顔を上げようとしなかった。

先刻の、あの男の視線から感じた脱力感はなんだったのだろう？　耕作にはもう、その感覚をはっきりと思い出すこともできなかった。

「——ふう」

耕作と峰子が帰った後の店内では、受付嬢——すなわち楢崎不二子がため息をついていた。

「ちょっと柊、あなたは喋らないでって言っといたでしょう？」

「………………」

柊は答えない。

窓の外に眼をやって、耕作たちが離れていく様子を見ている。そんな無視にも不二子は慣れているのか、かるく肩をすくめて、

「面倒は私が処理するからさ。あなたはカードに書くだけでいいのよ」

と言った。これに柊はうなずいた。

「ああ……わかった、社長」

と、彼女を役職名で呼んだ。彼女は苦笑し、

「その呼び方も店ではしない方がいいわ。楢崎って呼んで。なんだったら不二子って呼んでもいいけど」

彼女はすこし悪戯《いたずら》っぽく言った。だがやはり柊は、

「ああ……そうだな……」

と、素っ気ないぼそぼそ声である。

楢崎不二子はそんな彼を見つめていたが、今度はため息をつかずに苦笑した。

「……」

「ねえ――やっぱりあなた自身の、個人を売り出す店にした方がいいんじゃないかしら？　ねえ、オキシジエン――」

「……いや、それは……ない」

柊は言下に否定した。

「これは……あんたの店で……僕は手伝うだけだ。その……約束だ」

「そうだったわね。欲がないっていうか――あなたってホント変わってるわ」

彼は窓の外を見ているが、そこにはもう耕作と峰子の姿はとっくにない。

しかし、そのいなくなった人影に向かって、柊ことオキシジエンは誰にも聞こえぬ声で呟いた。

「――別にあの二人がどうというわけでもないが、なにか引っかかるものを感じた……どこかで、何かに遭遇するのかも知れない。その……そいつは近くにいる……」

「え？　何か言った？」

何も知らぬ楢崎が呑気《のんき》な声で訊いてきたが、これに柊は、

「いいや……別に」

とぼそぼそ応えるだけだった。

＊

耕作と峰子はふたたび、駅前の繁華街に戻ってきた。

「もう、本当に耕作って馬鹿なんだから！　とんだ恥を掻《か》いたわ！」

峰子はまだぷりぷりと怒っている。

「しょーがねえだろ、詳しく訊いてなかったんだから。おまえ、カードが弁償《べんしょう》も兼ねてるなんて言わなかったじゃねえか」

耕作は少しバツが悪い。反論の方もやや弱気だ。

「店のヤツも別に、そんなに怒らなかったしよ」

というよりも――と耕作は内心思った――俺が怒ることを、最初から知っていたみたいな落ち着きぶりだった。特にあの柊という男は……。

「まったく――」

「それよりも、あのカードの文章の意味は何なんだよ？　信号がなんだって」

耕作が言いかけると、彼女はあわてて、

「しーっ！　他の人に聞こえたら効果が切れちゃうじゃない」

　と彼を制した。

「誰にも知られちゃいけないのよ。説明聞いたでしょ？」

「なんかなあ――」

　ジンクスを売ってくれたとか言われても、それがどういうものなのか耕作には今ひとつ実感できないのだ。

　二人は人通りの多い交差点にまでやってきた。

「あっ！」

　峰子が声を上げて立ち停まる。

「なんだよ？」

「ばか、前の信号、黄色じゃない！」

　言われると、確かに歩行者用信号がぴかぴかと点滅していた。

「ああ！　どうしよう。二回連続だとまずいわ」

　カードに書かれているジンクスだと、黄色に二回出会うと〝ちょっと寂しいことが起こる〟らしい。しかしそんな漠然としたことを言われても耕作としては全然ぴんと来ない。

「回り道した方がいいのかしら？　この先の信号はどこだっけ」

「青かも知れないぜ」

耕作がふざけて言うと、

「その方が、設定し直しになっていいわよ」

峰子は真顔で言い返した。その態度に耕作はだんだんイライラしてきた。

「いいかげんにしろよ。馬鹿馬鹿しい――」

つい強い口調で言ってしまう。するとたちまち峰子が言い返した。

「馬鹿とは何よ！」

「だってそうだろうが。しょせんジンクスじゃねえか。ちょっとした気休めみたいなものだろう？　それに引っ張り回されてどうすんだよ」

耕作もムキになって言い返してしまう。まずいなあ、と思いながらもつい喧嘩《けんか》腰になってしまうのだ。

すると峰子の眼がすうっ、と冷たくなって、

「ああそう、そうですか。だったらあんたはあんたの行きたいように行けばいいじゃないの」

と突き放した口調で言った。耕作は少しあわてて、

「お、おい観《み》に行くはずだった映画はどうすんだよ？」

と訊いた。これに峰子は、ふん、と鼻を鳴らして、

「だから、映画館の前で落ち合えばいいでしょ。じゃあね」

言い放って、彼女はひとりで遠回りになる道筋へと歩き出してしまった。

「あ、おい——くそっ」

呼び止めようか、それともついていくべきなのか一瞬迷い、そしてその間に彼女の姿は人混みの中に消えてしまった。一度も立ち停まらず、振り向きもしなかったのである。

「ちぇっ……」

舌打ちして、仕方なく彼も歩き出した。

別に意識していたわけではなかったが、次の信号も彼が交差点に着く前に、またしてもぴかぴかと点滅し始めた。

例の、ジンクスの条件を満たしたことになる。

（さあ、どうなるんだ？——もう充分、わりかし寂しいことになってるよーな気もするがな）

彼は無理に渡らず、交差点の前で足を停めた。信号はすぐ赤に変わった。

そのときである。

彼の目が丸く見開かれた。信号の向こう側に、一人の人間を見つけたからである。

（あいつは——竹田《たけだ》か？）

彼の、中学時代の級友である竹田啓司《けいじ》が道路の向こう側で、同じように信号待ちをして立っていた。

しかし向こうの視線は横に向けられていて、彼の方は向いていない。竹田啓司の隣には少女がいた。制服を着て、スポルディングのスポーツバッグを下げている。

二人は楽しそうに談笑している。どう見ても仲の良い恋人同士といった感じだ。

その光景を見て、彼の心はずきりと痛みを感じた。

耕作と竹田啓司は、クラスの中でも割とウマが合う方だった。グループ分けで行動、というときになると大抵いつも同じ班にいたものだった。

あるとき、馬鹿話のついでに「女子の中で誰がいいと思うか」という話題になったことがあった。

竹田は「いや。別にそーゆーヤツはいないなあ……」とかはっきりしなかったが、実は耕作がそんな質問をしたのは、彼が好きだった女子が、竹田に気があるという噂《うわさ》があったからだった。

耕作はその話を周りに言いふらした。竹田は今は女と付き合う気などない、と。竹田に憧れていたその彼女は当然がっかりして、なしくずしに耕作と付き合うことになった。

別にそれで竹田と喧嘩になったということではない。そもそも竹田は何も知らないのだ。しかし、耕作はなにか気まずいものを感じずにはおれず、それからは竹田とは疎遠《そえん》になってしまった。

その彼女とも結局、半年も経たずに別れてしまい、後には何も残らなかった。そんなに大した話ではない。よくあることというか、どうでもいいような話である。第一、耕作は嘘《うそ》もついていないし、誰かを騙《だま》したということでもないのだ。

だが——それでも今、久しぶりに竹田の顔を見て、しかもそれが可愛《かわい》らしい彼女と一緒だったりすると、彼は——なんとも言えない感情が胸のあたりに充満して息苦しい気持ちになるのを抑えられなかった。

「…………」

その感情をなんと呼んでいいのか、彼自身にもわからない。別に腹立たしいわけではない。悲しいというのでもない。それは懐《なつ》かしいような、しかし妙に生々しくもあり、一人でいるのが辛《つら》くなるような、そういう感情だった。

彼は信号が青に変わるのを待たず、もと来た道を小走りに駆け戻っていった。

「…………」

その後ろ姿を、信号の向こう側に立っていた少女が、やや眉《まゆ》をひそめて見つめていた。

「あれは——いや、違う。だが——彼はどこかで〝なにか〟と関わったのかも知れないな……」

その囁きはあまりにもかすかで、彼女自身の耳にも届かなかったかも知れない。横に立っていた彼氏が「ん？　どうかした？」と彼女に訊ねたとき、彼女は、

「え？　いや、別になんでもないけど？」

と元の可愛らしい表情に戻って言いつつ、少し肩からずれていたスポルディングのスポーツ

バッグを掛け直した。

耕作は、別の道を通っていったはずの峰子を追いかけた。どうしてか知らないが、彼は急に彼女に謝ろうという気になっていたのだ。焦りから少し迷ってしまい、同じところを二回通ったりしてしまったが、やがて彼は目的地である映画館につながる通りに出られた。

するとそのとき、彼の耳にからんからんというベルの音が届いた。何故かその音が妙に引っかかったのだ。

続いて、きゃあ、という少女の喜びの声が続いた。それは耕作にとって殊更に注意深く聞かずとも、自然に聞き分けられる馴染みの声だった。

「……峰子？」

彼はその、ベルの音と恋人の歓声が上がったところに近づいていった。

おめでとうございます、とかなんとか言われながら、峰子は黒い包みを商店街の職員から受け取っていた。福引きに当たったのだ、ということが説明されずとも耕作にも察しが付いた。

「あら、耕作！」

満面の笑みを浮かべて、峰子が振り返った。

「すごいのよ、三等が当たったんだから！」

彼女は包みを自慢げに持ち上げて見せた。どうやらそれはデザイナーブランドのハンドバッグとかそういったものらしい。

「あ、ああ——良かったな」

耕作はなかばぼんやりとしながらうなずいた。

しかし、そんな馬鹿な——という言葉が、彼の脳裡《のうり》を駆けめぐっていた。こんなものはただの偶然だ。そうに決まっているではないか。

「ね？　だから言ったでしょう？」

峰子が得意げに、彼に囁きかけてきた。

「……何がだ？」

とっくにわかっていながら、耕作は訊き返した。わからないことにしておきたかった。しかしその彼の表情を見た峰子はすぐに、さらに得意そうになり、

「ああ——やっぱりあったんでしょう〝ちょっと寂しいこと〟が」

と言った。

「ば、馬鹿言え——そんなもんねえよ」

「ふーん？　じゃあこれを見てみなさいよ」

そう言われ、峰子はさっきのカードを取り出して耕作に見せた。耕作はぎょっ、となった。

そこにはもう、何の言葉も書かれていなかったのだ。

「字が消えてるでしょう？　それが効果が切れた証拠よ」

峰子の言葉も、耕作には届かなかった。彼の頭の中では、さっきのあの陰気な男の声が響いていた。

〝人は世界のすべてを知っているわけではない〟

それがどういう意味なのか、耕作にはやはりわからない——しかしわからないことが、この場合の状況を説明していた。

（な、なんなんだ、こりゃ……？）

そうとしか言いようがなかった。これが何を意味しているのか、何を目的としてこんなことがあるのか、彼にはまったく理解できなかった。

もっとも、真実を説明されたところで、彼には決して理解できなかっただろう。自分が触れたものが、世界に奇怪な影響を及ぼしている巨大なるシステムの、その根幹に関わっている現象だったなどということは、彼の想像を遙かに超えていることだった。

3．

（……ん？）

街を歩いていたわたしは、そのカップルを見て少し眉《まゆ》を寄せた。なんか不自然な気がしたのだ。

別にどうということはない――景品が当たったと喜んで見せびらかしている彼女と、そのはしゃぎっぷりに少し呆《あき》れている彼氏――よくある光景だ。そのはずだ。

(でも――なんか変ね?)

理由はよくわからないのだが、彼氏の方も彼女の方も、そこにはない別のものに影響されて、茫然《ぼうぜん》としたり喜んだりしているような気がしたのだ。それは他にはほとんど見られないもので、だから街の中で、その二人だけが何か妙に、浮いている――。

(――ああ、だめだめ)

でもわたしは考えの途中ですぐにその二人から目を逸らした。こういう風に他人の心理とか行動に変な関心ばかり持つものだから、わたしは友だちに〝博士〟とかからかわれてしまうのだ。

わたしは友だちとの待ち合わせ場所に行くことにした。彼女も、同じ予備校に通っているのだ。

ちょっと遅れてしまったので、あやまろうかなと思っていたのだが、待っている彼女の姿を遠くから見て、その必要はないなと思った。

彼女は一人ではなく、彼氏と一緒に立っていたのだ。二人で仲良くおしゃべりなどしている。

(――このまま、ほっとこうかな?)

ついそんなことを考えてしまう。しかしそうもいかない。

わたしが近づいていくと、向こうの方もこっちに気づいて手を振ってきた。

「末真《すえま》!　ここよここ!」

彼女、宮下藤花《みやしたとうか》は周りの目もお構いなしで大きな声を出した。

わたしも手を振り返して、それから横の彼氏の方にもかるく会釈した。たしか竹田とかいう人だ。藤花よりも一つ年上で、デザイナーの卵かなにからしい。前にも何度か会ったことがある――といっても、ただ藤花のついでに二言三言会話しただけのことだが。

「お邪魔だったかしら?」

わたしは藤花に言った。すると彼女は頭を振って、

「ああ、そうじゃないのよ――偶然に駅で会ったの。先輩もこれからすぐに仕事なのよ」

と言った。

「お忙しいんですか?」

わたしは何を話していいかわからないので、適当なことを訊く。

「いや、そういう訳でもないんですがね――えーと」

彼の方もわたしと何を話していいかわからないらしく、やや困ったような顔をしている。

「先輩はいつでも忙しいのよ」

藤花はすこしばかり嫌味っぽい口調の混じった声を出した。

「いや――だからさ」

竹田さんはますます困ったような顔になる。そう言えば、この竹田さんはなんかのコンペに作品を出品するんで徹夜続きだとかなんとか、前に藤花が話していたっけ。そのせいでろくに電話もしてこないと愚痴《ぐち》っていた。

（あらら、変なトコつついちゃったかしら）

わたしは心の中で苦笑した。

「私たちのやってる受験勉強なんて、笑っちゃう位に一生懸命だもんね、ほんとに」

藤花は投げやりな口調で言った。ちょっと拗《す》ねた表情になっている。

「いや、別にそんなつもりはないって言ってるだろう」

さっきからこの竹田さんは「いや――」とばかり言っている。どうもわたしが見ているところだと、この人はいつも歯切れが悪い。

「へえ？　そんな風に言われたこと、あったっけ」

藤花は唇《くちびる》をすこし尖《とが》らせている。しかし、すぐに笑顔に戻って、

「じゃあ今度の日曜は午後、ちゃんと空けといてよね。大丈夫だって言ってたわよね？」

と人差し指を竹田さんの胸に差すようにして当てながら、甘えるように言った。

「ああ――そりゃ、うん、もちろん」

彼の方もいまいちはっきりしないまでも、笑顔を返した。

ごちそうさま、という感じである。わたしは苦笑してしまった。

「じゃあ末真、行きましょう」

藤花がそう言ってわたしの方を向くと、竹田さんは少しホッとした顔を見せた。忙しいというのは本当のようだ。

「それじゃあ」

竹田さんはわたしたちに言って、そそくさと街並みの中に消えていった。

藤花はその後ろ姿に向かって手を振っていたが、見えなくなると途端に、

「――はあ」

とため息をついてしまった。

「なーんで、偶然にしか会えないのかしら……」

切なそうに言う。

わたしが少し笑いながら言うと、彼女はきっ、と睨むように視線を向けてきた。

「大変ねえ」

「面白がってるでしょう、末真は」

「そりゃ、他人事《ひとごと》だしね」

にやにやしながら言うと、彼女はまたがっくりとして、

「こないだも会う約束すっぽかされたしさあ。嫌になってくるわよ」

と嘆いた。

「でも、今度の模試の後には会えそうじゃない。励みにして勉強したら？」

わたしが適当なことを言うと、と、彼女は素直に「うん……」とうなずいて、しかしそのすぐ後に、

「でも、なんか嫌な予感がする……私と先輩って、すれ違う運命の下にあるのかも知れないわ」

と愚痴るように言った。

「大袈裟《おおげさ》ねえ」

とわたしは言ったが、どうも彼女の悲しさは割と本気っぽいので、ちょっと心配になってきた。

「彼氏だって、そんなに忙しいのは今だけなんでしょう？　藤花だって来年までじゃない」

「私——きっと落ちるわ」

不吉なことを真顔で言う。

「あのねえ——」

わたしは彼女を励ますべきか、怒るべきか、少し悩んだ。でも結局、

「——あなたがそんなことばかり言ってると、竹田さんの方はもっと辛くなると思うわよ」

と、白々しいようなことを言ってみた。すると彼女は、

「――そうか、そうね」

と渋い顔ながらもうなずいた。やれやれ、という感じだ。

「ありがと、ごめんね末真」

藤花はすぐに笑顔に戻って、わたしに小さく舌を出して見せた。わたしは急に彼女が可愛くて可愛くてたまらない気持ちになって、

「くーっ、この心配性娘は！」

と彼女の頭を掴んで、すこし乱暴に髪の毛を掻き回すように撫《な》でてやった。

「ち、ちょっと末真、痛いわよ」

藤花は少し焦ったような声を出した。

「よ、予備校行かないと。遅刻しちゃうわよ」

「あっ！」

わたしは腕時計を見た。かなり切羽《せっぱ》詰まった時刻になっている。

「大変！　急がないと！」

わたしたちは焦って、道を走りだした。しかし間の悪いことに、こういう時に限って赤信号にぶつかるのだった。

「ああ、もう――いらいらするわねえ――」

わたしはひたすらに信号を睨みつけていた。すると横の藤花が、

「——あっ」

と声を出した。

「何?」

「今——そこで末真を見てた人がいたわ」

「え?」

わたしは、彼女が指さした方角を見た。でもそこにはもう、それらしき人影はなかった。

「いや——末真を見て、なんだかすごくびっくりしたみたいな顔をして、すぐに路地に入って行っちゃったのよ」

「…………」

藤花の言葉に、わたしの胸には嫌な感じが湧いてきた。

わたしのことを観察する者がいる——その認識はわたしにとって、忌《い》まわしい過去というヤツに触れることであった。そう——わたしはかつて殺されそうになっていたことがあるのだ。

佐々木《さ さ き》政則《まさのり》とかいう、見も知らぬ男によって——。

＊

(今のは――間違いない。末真和子《かずこ》だ。あの佐々木政則の殺人リストに載っていた〝次の犠牲者〟になるはずだった女の子だ)

田代《たしろ》はその少女のことなど、実際に目にするまで完全に忘れていた。なにしろそれは、彼がまだ真面目な警察官だった頃に、ちらと写真を見ただけの少女なのだ。記憶に残っていただけでも不思議だ。

しかし一目でわかった。もう何年も前のことであり、少女も成長して風貌がかなり変わっているにも関わらず、彼は一瞬で末真和子のことを認識したのだ。

田代は逃亡者である。

非合法組織〈パスタイム・パラダイス〉に追われているのだ。理由は彼が上層部に納めるはずの金を着服して、しかも組織の費用を私用に使い込んでいたからだった。かつて警察の内通者として組織に協力していた田代は意志の弱い人間で、目の前を通り過ぎていく大金についつい手が伸びてしまったのだった。

組織は裏切り者を決して許さない。それは警察も同じだ。スキャンダルになるため彼のことは公表されていないが、特命を受けた者たちが彼を追っているはずだった。彼にとって唯一の希望というか、アテはある噂だった。警察も組織もはるかに凌駕する、ある巨大なシステムがこの世には存在している、と――それはあまりにも漠然として、かつ大きすぎるために、全容は誰にも把握できないというのだ。

そんなものと、一体どうすれば接触できるのか予想もつかないが——しかし警察と組織に同時に追われている彼としては、それぐらいしか道を見つけられない。

（ううっ……くそっ）

田代は焦っていた。金だけは手にしているブリーフケースの中に充分すぎるほどあったが、下手《へた》に使うとアシがついてしまう。

せめて——せめて気休めでもいい。なにか拠り所となるものはないものか——と、そう思いながら足早に裏通りを歩いていたときのことである。

彼の目に、ひとつの看板の文字が入ってきた。

〝あなたの人生にささやかな指針を〟

「——」

彼はキツネにつままれたような顔になった。いくらなんでも出来すぎな話だと思った。求めていたものが、こんなに簡単に目の前にあっていいものだろうか？

（ジンクス・ショップだって？）

何を売っているのかさっぱりわからない。占いの類《たぐい》だろうか？

「——」

彼はふらふらと建物の中に入っていく。ほとんど頭は動いていなかった。吸い寄せられるような動作だった。

誰もいないフロアを抜けて、階段を昇っていく。

「いらっしゃいませ！　新規の方ですか？」

受付の楢崎不二子が訊いてきたが、ああ、とか唸《うな》るだけでまともな返事はしない。カードを選べとかなんとか言われても、

「——どれでもいいから、早くしてくれ」

とイラだった声を出すだけだった。不二子は肩をすくめて、後ろの柊に適当なカードを渡した。

「…………」

柊は受け取りつつ、かすかに眉を寄せた。

カードにいつものように、適当としか思えない態度で字を書きつける。

それを見て、田代は訝しげな顔になったが、特に文句も言わずに素直に金を払って出ていった。

それを見送った不二子は、ふう、と息を吐いた。

「なーんか気味の悪い客だったわね。変に思い詰めてたみたいだけど——」

柊はほとんど表情を変えないが、しかしぼそりと呟いた。

「……半端な、生物だ……」

その声は小さすぎて不二子の耳には届かない。心の中だけで喋っているのかも知れない。

「……ああいうのは、始末に負えない……自分ではほとんど運命を動かせない癖に、何かに引っかかっている……」

柊は仕方ない、という感じでかすかに首を振った。

「餌《えさ》として使えれば、上等か……」

そんな彼の様子にはまるで気づかず、不二子は、

「しっかし、なかなか客が増えないわねえ……食いつきとしては、結構いい線いってるんだけど」

とぼやき気味に言った。

「動き出すまでは……少し時間が……いるものだ」

柊はぼそりと言った。待つことには慣れている、そういう感じだ。

「まあ、そうかも知れないけどね――」

彼女としては、この柊ことオキシジェンを見つけたときの興奮があまりにも大きかったので、もっと一般の反応も大きいはずだと思ってしまうのだった。

(まあ、少しは辛抱《しんぼう》しなきゃってことなのかしら……)

彼女がそう思ったとき、次の客が階段を昇ってくる音が聞こえてきた。

彼女は精一杯の明るい声を出す。

「――いらっしゃいませ！」

＊

〝思いも寄らぬ再会が事態を打開する鍵に。迷うよりまず行動で〟

田代がもらったカードにはそんなどうでもいいようなことが書かれていた。

（迷っているから、こんなものにまで頼ろうというのに、迷うなとか言われても困るじゃないか）

田代の困惑はますます深くなっていた。

彼は、今晩この辺のホテルに泊まるべきか、車か電車で別の場所にさらに移動すべきか、どうにも決めかねて人通りの少ない裏通りをふらふらしていた――そこに声が掛けられる。

「よお、田代――田代だよな、おめー？」

無遠慮な若い男の声に、びくっ、と田代は振り向こうとした。だがその動きは途中で断ち切られた。

次の瞬間には、田代の身体は宙に浮いていて、俯《うつぶ》せになるようにしてそのまま地面に叩きつけられていた。背後から思いっきり脚払いを掛けられたのだった。

「——げえっ！」

田代の肺から空気が絞り出される音が、喉から外に漏れた。

「おい、金は残してんだろうな——全部使っちまうにはちと早すぎるからな」

男の声がして、鍵を掛けていたはずのブリーフケースが簡単に開けられるばきっという音が聞こえてきた。

「う、うう——」

田代はなんとか身体をひねって背後を見た。

立っているのは瘦せぎすの身体をした、顎《あご》の尖った男だった。眼がやけに細い。

「おお、ほとんど手つかずか。これはありがたい。おめーに使われたことにして、この俺の取り分にさせてもらうからな」

ひやひや、という男の笑い声が耳に響いてきた。

彼が協力していた犯罪組織〈パスタイム・パラダイス〉の殺し屋に間違いなかった。確か通り名は——

「ほ、ホワイト・ライアット……？」

白けた騒動、という矛盾したような名前は、組織に関係する者たちの間で恐怖の代名詞になっている。血の制裁——それを表している名称なのだ。

「軽々しくその名を呼ぶんじゃねーよ」

男は倒れている田代の背中を踏みつけてきた。さほど力が込められているとも思えないのに、突き刺すような痛みが身体の内部にねじ込まれてきた。急所を的確に圧迫されているのだ。全身が痺《しび》れて、動けない。

「げ、げげげげるぽぽっ……！」

自分のものとは思えない声が体内から押し出されてくる。

周囲には他に人影はない。普段から人通りの少ない道ではあるが、それにしてもほんとうに誰も通りかからない。あるいは――いやきっと、狩人《かりうど》たるこの男が他の人間が近寄らないような何かを既に仕込んであったのだろう。

獲物である田代は知らず知らずの内に罠《わな》に誘い込まれて、後は狩られるだけだったのだ。

「さて、おまえにはふたつの選択肢がある」

せせら笑うような声が囁かれる。

「なにか、役に立つ情報をまだ隠し持っているなら、あるいは手加減する余地があるかもな。しかし何もないのなら――この世の究極の苦痛を体験してから、ゆっくりじわじわと悶《もだ》え死ぬことになる」

その口調はむしろ穏やかでのんびりとした口調であるため、逆に恐ろしかった。

「う、ううううっ――」

田代は戦慄《せんりつ》の極みにあった。隠し持った情報——そんなものはない。そもそも自分の不正さえ隠し通せなかったから、こうして追われる羽目になったくらいなのだ。

しかし、なにか——何かなければ——このままでは為す術もなく、殺されて——

(殺されて……?)

その言葉で、脳裡にはっ、と閃《ひらめ》くものがあった。

さっきのカードに書かれていた——〝思いも寄らぬ再会が、事態を打開する鍵に〟——あれが正しいとするなら、それは今の状況ではあのことしか考えられない。

「あ——あんた、佐々木政則を知っているか……?」

弱々しい声で言う。

「あ? あの捕まる寸前に自殺してしまった、殺人鬼と呼ばれた男のことか?」

「そ、そうだ……ヤツが殺しそこねた娘が、そのまま生きていることを……知っているか?」

言いながら、しかしこれは駄目だ、と思った。過去のとっくに解決済みの猟奇殺人事件のことなど、組織にとってはなんの関係もないではないか。唇が震えて、眼が閉じていく。絶望という闇が目の前に迫ってくるようだった。

ところが——

「……話を続けろ」

静かな声が聞こえてきた。

「え……」

「佐々木政則が殺しそこねた娘とやらの、話を続けてみろと言っているんだ」

あきらかに興味を持っている調子で、殺し屋は言ってきた。

「あ、ああ――」

思わぬ光明の出現に戸惑いつつも、田代は必死で説明を始めた。

「名前は末真和子――当時はまだ十三歳で、今は女子高生だ」

彼女の現在の状態など何も知らないが、さっき見たときは制服姿だった。

「十三歳……？　佐々木政則が殺していた女たちは、最低でも十七歳だったはずだが」

殺し屋はやけにあの事件のことに詳しいようだ。

「そ、そうだ……だからためらっていたか、それで罪悪感が芽生えて、結局――」

「自殺した、と――そういうことか？」

「し、しかし佐々木は自殺かどうか、実は警察内部でも今一つ納得されていなかったんだ。もしかすると、あ、あの娘は事件の真相を知っているかも――」

口からの出任せで、適当なことを言いつのる。我ながら説得力が全然ないので、どうしても声ががくがくと震えてしまう。――だが、

「ほう――」

殺し屋は、どうやらひどく彼の話に関心を持ったようだった。

「末真和子、ね――その娘はどこにいるんだ」

「そ、それは――け」

警察の資料に残っているはず、と言いかけて、しかし自分はもうその警察に戻れないのだということを思い出して、口ごもる。

殺し屋はこの逡巡《しゅんじゅん》にニヤリとして、

「まあ、名前がわかればすぐに身元は知れるがな」

と不敵な口調で言った。

「そ、そうだろう――あんたなら造作もないはずだ」

ほっとして、つい余計なお世辞を言ってしまう。

「――――」

殺し屋は無言で、何かを考え始めたようだった。

「お、おい――」

田代は膨れ上がる期待と、どうしようもない不安に同時に押し潰《つぶ》されそうになりながら、おずおずと声を掛けた。

「や、役に立つ情報じゃないかな?」

「あ? ――ああ、とても興味深い話だ。いや実に、そ、そ、そ、そそられる――」

その言い方は、なんだかそれまでとはニュアンスが変わっていた。乾いた冷たさがなく、絡《から》みつくような熱っぽさがあった。この場に他の人間がいたら、背筋が寒くなるような生理的な嫌悪感を覚えずにはいられなかっただろう。しかし田代にはそんな感覚を受けている余裕はなかった。

「じ、じゃあ――」

「ああ、なぶり殺しにするのはやめてやろう」

殺し屋はゆっくりとした動作で、田代の背中に置いていた足を持ち上げた。

「お、恩に着るよ」

田代はまだ痺れている身体をよろよろと起こした。胸の動悸《どうき》がなかなかおさまらない。

「ああ――ところで」

殺し屋は田代が持っていたブリーフケースを手にしながら、どこか陽気な口調で言った。

「俺の綽名――ホワイト・ライアットの意味を教えてやろうか？」

その言葉の裏に、なにかぞっとするようなものを感じ取った田代は焦り気味に首を横に振った。

「い、いや――別にいいよ」

「まあ、そう言うなって――説明を受けといた方がいいだろう？　なにしろおめーは、既にその〝ホワイト・ライアット〟の能力で始末されちまっているんだからな――」

あっさりと言われたので、田代にはその意味がわからなかった。

「え？」

「俺はな、生まれたときから妙な才能があってな。殺し屋という仕事も、そのために選んだようなものだ——親もそれで死んだからな」

「…………」

田代はその言葉の内容がよく摑めない。それは自分の親を殺したという意味にしか取れないが、しかし田代には相手が何を言っているのかよくわからない。胸が——動悸がおさまらなくて、頭がうまく働かないのだった。

「俺の能力〝ホワイト・ライアット〟は——人間の心から〝冷静さ〟を殺《そ》ぎ取ることができる」

「…………」

田代には、その言葉はほとんど耳に入っていない。

胸が——もう圧迫されていないのに、さっきよりもずっとずっと——激しく波打つように、鼓動がとんでもない速さで打ち続けていて——いやどんどん、どんどんとその間隔が速くなっていって——

「……う」

がくがくがく、と身体が小刻みに震えだしている。

「……ううう」

「なんつーのかな——俺はどうにも、色々とムカつくことが多くてな——他のヤツがのほほんとしているのが許せなくてな。それでこんな能力があるのかも知れん。——ま、深く考えたこたぁないがな」

殺し屋はやれやれ、と肩をすくめてみせた。しかし田代の方はそんな相手の様子に構っている余裕はない。

彼は——落ち着かなくなっていたのだ。身体がなんだか、非常に、非常に——足がどうにも動いて動いて——

「う、ううう——うおおおおっ！」

彼は突然叫ぶと、その場から走り去っていってしまった。

殺し屋は別に、その彼を追わない。ブリーフケースを手に、反対方向へと去っていく。

田代の方は、彼は全力疾走で走り続けていく。

「うおおおおおおおおおおっ！」

喉も破れよとばかりに絶叫しながら、彼は道路を疾走していく。

すぐに通行人の多い大通りに飛び出したが、かまわず他の人々を跳ね飛ばすようにして走り続ける。

彼の心の中を支配する感覚は、圧倒的な息苦しさだった。走って走って呼吸は限界以上に激しく、苦しくなっているが、そんなことなど大したことはないと思えるほどに、彼はとてつもなく息苦しかった。

胸の奥から何かがこみ上げてくるのだ。そいつが彼に、彼の心に何かを求めている。

——熱い。たまらなく熱い。

それは恥ずかしくてどうしようもないとき、顔から火が出るかと思ったとか人が言う、その感覚そのものだったが、桁《けた》が違っていた。身体中から火を噴いているかのようだった。

「いてっ！　なんだよ？」

走る彼と接触して肩をぶつけられた人が呻《うめ》くが、彼はそんなものにまったく躊躇せずに、どこかへとひたすらに走っていった。


——彼が人々の前に再び姿を現すのは、それからずっと後のことである。

遠く離れた海岸に打ち上げられた、身元不明の死体——誰にもわからなかったが、それが彼だった。近くには身投げするような場所はなく、どこかの川に飛び込んだのがそこまで流れたのだろうと思われた。ただ奇妙なことに、その死体は顔を両手で覆うような形になっていた。それはまるで〝あーっ、穴があったら入りたい！〟という科白《せりふ》を言っている下手な舞台俳優のような、見る者に大袈裟《おおげさ》な印象を与えずにおれないような、そんな姿勢だった。

「——ま、なぶり殺しはしなかっただろ？　おまえのつまらなくもくだらない〝人生〟という事態を打破してやったんだ。感謝して欲しいぐらいだぜ」

自らの標的がどうなったか確かめることさえせずに、殺し屋である男――澄矢雅典《すみやまさのり》は鼻先で笑いながら呟いた。

澄矢は人の気配のない路地裏で、あらためて田代から奪った荷物をあさっている。金の詰まったブリーフケースは元より、懐から抜き取った財布なども開いて中身をあらためている。

その中の一つ――一枚のカードを見つけたとき、澄矢の眉が訝しげに寄った。

「なんだ、これは？」

一枚のプリペイドカードであるが、表面には何も書かれていない。真っ白だ。ただ隅っこに〈ジンクス・ショップ〉と印刷されているだけである。

「ジンクス……？　なんのことだ」

彼は、妙な違和感を感じてそのカードを手の中でくるくると回した。

第二節 青いリボン、防空壕

1.

楢崎不二子とオキシジエンのジンクス・ショップは、開業してから二週間ぐらい経って、じわじわと口コミで客が増え始めていた。なにしろ〝カードを他の人に見せてはいけない〟という厄介《やっかい》な条件がくっついているため、そんなに劇的に増加することはあり得ないことではあったが、それでもリピーターが友だちを連れてくるなど、拡大の傾向は既に見え始めていた。不二子は早速、前に別のショップで使っていた機材を持ち込んだりして、店の充実に努めた。

……そして、そんなときにある客がひとり、ショップを訪れることになる。

＊

仲村紀美香《なかむらきみか》は、みんなからおとなしい娘だと思われている。別にそれは馬鹿にしての言葉ではなく、控えめで好ましいというような感じで、特につきあいづらいとかいった印象はない。だからクラスメートからその店の話を聞いたときも、紀美香は特に拒否反応を見せなかった。

「ジンクス・ショップ？」

「しっ、声が大きいわよ」

それほど大きな声で訊き返したわけでもなかったのだが、そのクラスメートの女子は大袈裟に口に指を当てて制止してきた。

「ごめん。――でも、なんなのその店？　アクセサリーショップかなにか？」

「違うわよ。だからジンクス・ショップなんだって」

彼女はそれからこまごまと説明を始めたが、やたらと興奮していて、何を言っているのかよくわからない。

だが――要するにジンクスを売ってくれる店があるということだった。ジンクスのついているペンダントとかそういうものではなく、ジンクスそのものを。

「……そんなものどうやって売るの？」

「カードに書いてあるのよ――ああ駄目！　今それを見せるわけにはいかないわ。見せると効果が切れちゃうから」

「いや、別にいいけど――」

ふざけているにしては、彼女の様子は大真面目である。どうもほんとうにそのジンクス・ショップとやらは存在するらしい。

「でさあ――今日、その効果が切れちゃうんで、放課後つきあってくれないかな」

「――――」

紀美香は、いつもつきあいのいい彼女にしては一瞬、ためらいをみせた。しかしすぐに元に

戻って、

「ええ、いいわよ」

と笑顔で応えた。


そのショップは駅前の大きなショッピングセンター〈ツイン・シティ〉のすぐ裏にあった。見たところ普通の建物で、別におどろおどろしい感じはない。ガラス張りの入り口も入りやすい感じだ。

店内は割と客がいて、受付で順番待ちを登録していた。彼女たちはこれから十二番目らしい。客は女性が多かったが、若い男もそれなりに混じっていた。

用意されているベンチに腰掛けて、自販機から買ったジュースを飲みながら彼女たちは待つことにした。

紀美香は他の客たちの様子を見ていたが、別におかしなところはない。みんな普通の人という感じだ。ただ皆慣れているようだ。常連なのだろう。

「でも、ちょっと怖い気もするけど。ジンクスなんて」

紀美香が小声で言うと、横のクラスメートは笑って、

「大丈夫よ。ほとんどはいいことなんだから。たまに悪いことがあっても対策も必ず添えられているから」

自信たっぷりである。信用があるみたいだ。ここは、そういうものなのか、と思うべきなのだろう。

やがて彼女たちの番号が呼ばれて、二人は二階にあるジンクス発行所に行った。

「いらっしゃいませ！」

と楢崎不二子が笑顔で言ってきた。

「彼女は新規で」

と、クラスメートが勝手に紀美香のことを指さして言う。

「かしこまりました。それではこちらの中からお好きなカードをお選びください」

と言って示されたのは五色のカードだった。

「えーと……じゃあ紫で」

彼女が何気なくそう言うと、受付の向こうの事務机に座っている柊がちら、とこちらの方を見た。

その前髪の間から見える眼が一瞬、紀美香の眼と合った。

（…………？）

紀美香は妙な違和感を覚えた。特に根拠はないのだが、その男がなにか他の人間と違うような気がしたのだ。

不二子が柊にカードを渡し、彼が机の上の本を見ながらなにやら書き込んでいく。しかし、柊のことを注意して見ていた紀美香には、彼の視線の動きと手の動きの速さが一致していないことに気づいた。

（覚えていて、細かく確認しながら書く必要がないか、あるいは――）

見ているフリだけして、適当に書いているかのどちらかだ。紀美香自身、学校で必須でない科目の時、授業態度で教師に悪印象を持たれないように適当にノートを取っているフリだけすることがあるが、そのときと態度が一緒だった。

「………」

しかしもちろん、紀美香はそこで騒ぎ立てたりしない。彼女は騒ぎを嫌う。そんなことをしても仕方がない。そもそも友だちの付き合いだし、真剣に信じるようなものでもあるまい。

カードはすぐ戻ってきて、それぞれに手渡される。そこには奇妙なことが書かれていた。

〝右と左で違うものは幸運のしるし。困っていることを解消してくれるかも〟

なんのことだかさっぱりわからない。しかし意味ありげでもある。

（困っていること、ねえ――）

紀美香は内心でちょっと苦笑しつつ、そのカードを手の中でもてあそんだ。

「ああ、他の人には見せないように」

受付の不二子が注意してきた。

「効果が切れるんでしょう? 知ってます」

「いずれ字も消えますが、それは効果の一つですからご心配なく」

ちらと横を見ると、クラスメートの娘も真剣な顔をして自分のカードを見つめている。本気で信じているのだろう。

(ま、いっか——)

彼女はいつものように、すべてのことを穏やかに認める。

それからジンクス・ショップを出た二人はファーストフードの店に立ち寄って時間を少し潰すと、じゃあねといって別れた。

帰り道、彼女はひとり駅のホームに立つ。

「…………」

視線を感じた。

しかし眼をやったりはしない。不自然に振り向いたりすると目立つし、それに誰が見ているのか、もう知っている。

(やれやれ……)

だから今日は明るい内に家に帰っておきたかったのだが、仕方がない。

電車に乗っている間も、視線は外れない。しかし紀美香はそれを無視し続ける。

最寄り駅に着いたときにはもう陽がすっかり暮れていた。

彼女の家の近くの夜道は暗い上に、人通りも少ないのである。高級住宅地というのも善し悪しだ。

それでも彼女は特にためらいもなく、いつものように歩き出す。

あっという間に周囲が静まり返っていく。駅前にあった喧噪《けんそう》が嘘のように、風が植木をなぶる音と、彼女の足音ばかりがやけに大きく響く。

そして、後ろの方からもかすかな、だがはっきりとした足音がついてくるのがわかる。

「…………」

彼女の表情に不安の色はなく、ごく穏やかなままだ。

車は一台も通っていないが、それでも赤信号が目の前で灯ったので、彼女は立ち停まった。

すると、道路の向こう側にも人が一人立っていた。この暗い中なのに、男はサングラスをかけていた。

（あれ……？）

知らない男だったが、紀美香はそのことに眉をひそめたのではなかった。それほど離れていたわけでもなかったはずなのに、男の足音がこの静かな環境の中でまったく聞こえなかったからだ。

そして、後ろから近づいてくる足音の方は、音をひそめているつもりでもはっきりと聞こえてくる。

彼女はここで、やっと少しばかり動揺し始めていた。

(……どうしよう)

(一度に二人というのは――ちょっと)

彼女は仕方なく、くるっ、ときびすを返して来た道を戻っていく。

すると彼女を追跡していた男が、隠れる余裕を与えられずに、びくっ、と身をひきつらせて停まった。

二十代の若いサラリーマン風の男である。紀美香は前にも、この男に会ったことがあった。

「用は何ですか、確か木下《きのした》さんでしたよね」

紀美香は無感情な口調で男に向かって言った。

木下と呼ばれた男は、こういう反撃を予測していなかったらしくおどおどとした表情を見せた。しかしすぐに陰湿な粘っこい光を眼に浮かべる。

「やあお嬢さん、男に尾《つ》けられていたというのに、ずいぶんと勇敢《ゆうかん》なんだね?」

開き直って、からむような口調で逆に訊いてきた。

「用は何ですか」

紀美香は平静に、さらに問いを重ねる。

木下はさらに眼をいやらしく光らせて、

「もちろん君のお父さんの話さ。前にも少し話したと思うが」

「…………」

紀美香はちら、と後ろに眼をやる。信号の前で待っているサングラスの男は、まだこっちに来ていない。

「君だって人に聞かれるとまずいんじゃないか、ねぇ？」

木下も彼女の視線の意味を察して意地悪く言った。

「なにしろ不正取り引きの話なんだから——君のお父さんが監査役をやっている会社の」

「……わかりました」

紀美香は表情を崩さず、男の言葉にうなずいた。

「じゃあ、そこの公園に行きませんか。そこで話を聞かせてください」

彼女は導かれることなく、自ら歩き出した。木下はこの少女の決然とした様子に少したじろいだが、すぐに邪《よこしま》な笑みを浮かべて、その後についていった。

「…………」

その様子を、横断歩道の向こう側でサングラスを掛けた男が見つめていた。少女と男が連れ立って暗がりの中に消えていくのを確認して、男は懐から黒い携帯電話を取り出してどこかに連絡を取った。

「――はい、発見しました。妙なのと接触しましたが――え？」

電話の向こう側の声は、どうやらぼそぼそと語られているようで、喋っている男と会話のテンポが今一つ合っていないようだ。

「既に――ですか。私がやる必要はないわけですね。はい――では確認します。彼女がふさわしい存在かどうか――」

2．

「君のお父さんは、どうしてこのところ会社に来ないんだい？　いくら非常勤とは言え、もう三ヶ月も来ていないようだが？」

木下はにたにたと下卑《げび》た笑いを頬に貼り付けながら、からむように訊いてきた。

「父は、少しばかり身体を壊していまして」

紀美香は正直に言った。

「ほう、それはお気の毒に――しかしそれで責任を逃れられるとは思わないだろうね？　僕は摑んでしまったんだよ――君のお父さんが商品の横流しを黙認していた見返りとして受け取っていた賄賂《わいろ》の証拠をね」

「では、どうして警察に言わないんですか？」

彼女が訊くと、木下はへっ、と鼻先で笑って、

「この場合は警察じゃなくて公正取引委員会の方なんだけどね——女子高生じゃわからなくて当然か。まあいいや」

と馬鹿にしきったように言った。

「しかし君だって、そんなことになったら困るだろう？　父親が裁判に掛けられて悪人扱いされたら」

「そうですね——困りますね」

紀美香はこれも素直に言った。そんなことになったら彼女はあることないこと噂の種にされ、恥ずかしい思いで日々を過ごさなくてはならないだろう。そういうことを避けることこそ、彼女の人生の目的なのに。

「では、私はどうすればいいんですか」

紀美香の訊き方は、こういう状況にしては少し冷静すぎることに木下は気づいてもよかっただろう。しかし彼はそんなところまでは気が回らず、

「なかなか飲み込みがいいね——そう、このことを知っているのは今、この僕だけだ。この意味はわかるね？」

「——」

「君のことは前から知っていたよ——仲村紀美香。君のお父さんが写真を持ち歩いていたから

ね。一度見せてもらって、それからずっと気になっていたんだ——ほら、こっそりと取ったコピーだってある」

そう言って木下はカラーコピーされた紀美香の写真を取りだして見せた。

「なんて綺麗《きれい》なお嬢さんだって、ずっと思っていたんだ」

「………」

紀美香はその写真のコピーを見て、少し眉をひそめた。父が自分の写真を持ち歩いていたとは知らなかった。いつ撮られたのだろう、少し不注意だったな、と心の中で彼女は反省した。

彼女が無言なので、木下はさらに嵩《かさ》に掛かって迫ってきた。

「なあ、君だって病気の父親を厳しい取り調べの席になんて着かせたくないだろう？　すべては君次第なんだぜ？」

少し整髪料をつけすぎた頭が、彼女の顔に近づいてきた。

（……もう少し）

その接近を前にしても、紀美香は身体を引かない。

（もう少しだけ寄ってくれれば、髪に手が届いて、逃げられる前に——）

彼女の腕が、すうっ、と相手には見えない角度で持ち上がり、木下の頭部に向かって指先が伸びていこうとした。

そのときだった。かつん、というわざとらしいほどに大きな靴音が彼女たち以外は無人だったはずの夜の公園に響いた。

「——?!」

木下はあわてて紀美香から身を引いて音の方を振り返った。

そこには一人の男が立っていた。さっきのサングラスの男だ。

「話はよくわからないが——無理矢理に女の子に迫るのは感心しないな」

良く通るバリトンだった。男はグレーのスーツで服装を統一していた。それは長くて縮れた髪をオールバックしているスタイルと調和していた。

「な、なんだおまえは?」

木下は突然の乱入者に動転していた。しかし、それよりもさらに後ろの少女の方が内心では深く驚いていた。

(こいつ——さっきも足音が聞き取れなかったが、今度は間違いなく、全然——無音でいきなり現れたぞ——?)

「そうだな……カレイドスコープ、とでも名乗っておくか」

男は言いながら、サングラスを外した。そこの下から現れた眼を見て、紀美香は少し息を呑《の》んだ。

街灯に照らされて、はっきり見えるその両眼は左右で色が違っていた。右は黒なのに、左の瞳は澄んだ青だったのだ。それはある言葉を連想させずにはおれないものだった。

〝右と左で違うものは幸運のしるし。困っていることを解消してくれるかも〟

偶然にしてはできすぎている、と思わずにはいられない。

「な、なんだ？　カラーコンタクトなんかしやがって」

木下が馬鹿なことを言った。その眼がそんなものでないことは見ればわかる。それは本物の金銀妖瞳《ヘテロクロミア》だった。

「君はどうやら、愚か者らしい――」

男は木下の言葉を無視して、一方的に言った。

「我々には、君のようなつまらぬ輩《やから》と遊んでいる余裕はないんだ。ふさわしい場に去るがいい」

「な――なんだって？」

木下には、自分が何を言われているのかよくわからなかった。それが要するに〝この糞野郎《くそ》、さっさと失せな《う》〟というような意味であることに気づいたのは数秒経ってからのことだった。

彼は怒りに顔色を変えて、ぶるぶると小刻みに震えだした。おそらくは学歴ばかりが高く、人から侮辱される経験に欠けていたであろう彼は直情的に反応した。

「こ、この野郎！」

叫んで、木下はその男に摑みかかっていった。

だが、妖眼の男はすい、とかるく身をかわしただけでこの攻撃をかわしてしまった。次の瞬間には逆に背中を蹴られて、地面にしたたかに打ちつけられた。格が違う、そんな感じだった。

しかし、紀美香にはその異様さがわかっていた。確かに武術の達人なのかも知れない。しかしそれだけではなかった。なんというか——妖眼の男が反応して動いたように見えなかったのだ。とっさの反応とかそういうのではなく、襲いかかられたときと、かわしたときと、なんだかそこだけ映画のフィルムのコマが飛んでしまったように——動作がつながっていなかった。

「く、くそっ……！」

しかし地面に顔を打ちつけて、鼻血を出している木下本人にはやられたときの異様さがわかっていないようだった。だらだらと流れる自分の血を見て、ひっ、とか細い悲鳴を上げた。

「警察に行くか？　こっちはかまわんぞ——」

グレーの服を着た男は静かに言った。木下はばたばたと垂れる血に動揺しながら、警察という言葉にびくっと怯えた顔を見せた。さっきは偉そうなことを言っていたが、やはりこいつ自身も不正行為とやらに関与していたのだろう。

彼はちら、と紀美香の方を見て、ちっ、と舌打ちしながら、きびすを返して逃げ出していってしまった。

「——」

それを見ながら、紀美香の方もやや憮然とした顔をしていた。彼女も内心で舌打ちしていたのだ。

「大丈夫かね？」

カレイドスコープと名乗った奇妙な男が、彼女の方に寄ってきた。

「ええ——助かりました。ありがとうございます」

彼女は平凡な感謝の言葉を述べた。

「事情はよくわからないが——ああいう男はすぐにつけあがる。あまり隙を見せない方がいいな」

「そうですね——気をつけます」

木下との話を聞いていたのかいなかったのか、どちらともつかない言われ方だったが、しかし紀美香にはそんなことはどうでもよかった。

「あの——なにかお礼をさせてもらえませんか？」

「いや、それには及ばないな」

「でもそれじゃあ——ええと、カレイドスコープさん……？」

その変な名前を言うと、彼はやや皮肉っぽい笑みを浮かべて、

「もちろん本名じゃない——しかし、私のことを表している名ではある」

見た目は外人のようなので、本名でもおかしくはなさそうだったが、彼はそう言った。

「表している名前——ですか？」

「君にだって、そういう名前があるんじゃないかな」

カレイドスコープは不思議なことを言った。そして訊いてきた。

「そういう名前があるなら、君は自分にどんな名前をつけるかね？」

その質問はかるく言われているようで、しかしその左右で色の違う眼には妙に真剣な光があった。まるで、そのことを訊くためだけに彼女を助けたかのようだった。

「——そう、ですね……」

紀美香はこのとき、あまり深く考えずに、しかしはっきりと、

「〝ギミー・シェルター〟——かな」

と言った。

「ほう？　どういう意味かな」

カレイドスコープの興味深そうな問いに、彼女は、

「私は臆病《おくびょう》なんです——安全な場所に閉じこもっていたいって、いつも思っているものですから」

自分でも、冗談なのか本気なのかどうかわからないことを口にしていた。

「なるほど——それは面白い考え方だな。私には、君が臆病なようにはとても見えないが」

「そうですか？　でも——いつもびくびくして生きてます」

これは彼女の本心だった。

「ふむ——」

カレイドスコープはうなずいた。それは納得したのか、それとも興味をなくしたのか、どうとでも取れる曖昧《あいまい》な態度だった。

それから二人は、適当な挨拶をして別れ、それぞれ公園から離れていった。紀美香は自宅に、そしてカレイドスコープは——

「…………」

路上で足を停めて、そして懐《ふところ》から取りだした携帯電話でどこかに連絡を取り始めた。

「——はい、確認しました。しかし私では判別が付かないレベルのようです。はい——意志の確かさという点では問題ありません。ええ——ザ・ミンサーよりも適性があるのは間違いないでしょう」

そして彼はちら、と少女が消えていった方角に眼をやって、付け足すように言う。

「しかし——気になることもありました。彼女——あなたが渡したはずのカードと私の類似について、まったく質問しようとしなかった——やや、用心深い面が強いようです」

〝当然……だな。最初から……疑っていたからな……〟

電話の向こうからはぼそぼそとした話し声が聞こえてくる。

〝しかし……それぐらいでなければ、運命と闘う資格はない……〟

「はい——」

カレイドスコープはこの主人の言葉に首肯《しゅこう》した。そして通話が切れてから、彼は誰にも聞こえることのない声で補足した。

「わかっております。我等が〝中枢《アクシズ》〟——」

3．

（く、くそっ——とんだ赤っ恥を——）

流れ出る鼻血をハンカチで押さえながら、木下は駅前まで走って逃げてきた。

（なんだったんだ、あの男は——畜生）

どうもろくなことが起こらない。せっかくいいところまで行ったのに——うまくすれば娘を自分の物にして、かつ父親を脅して自分の取り分を多くすることもできたのに——彼は我が身の不運を呪った。

（あんな所に入ったのがまずかったのか？　なんていったっけ——ジンクス・ショップとかいう——）

追跡していた娘が入ったので、つい彼も一緒についていったのだ。中には陰気な男が書いたカードを渡されて五百円だとか言われた。こんなものをありがたがるなんて女ってなんて馬鹿なんだと呆れたが——どうもあそこからツキがなくなっていたような気もする。

カードを受付の女がこっちに渡すとき、あの変な男がなんかぶつぶつ言っていた。なにか奇妙なことを言っていたのだ。なんだったか——と思いながら、彼はなんとなく、あのカードをポケットの中から出した。確か〝一時間以内に、青いリボンを赤い花が咲いている枝に結ぶと願い事がかなう〟とかくだらないことが書いてあったはずだ。

しかし、それを目の前にかざしたとき、彼の眼は「え？」と点になり、見ているものが理解できなかった。

カードには確かに字が書いてあった。しかしそれは記憶にあるものとはいつのまにか変わっていた。


〝一時間以内に青いリボンを赤い花が咲いている枝に結ばないと、死ぬ〟


はっきりと、修正した跡もまったくなく、くっきりとそう書かれていたのだ。そしてその後ろには署名とも記号ともつかないそっけない書体で〈Oxygen〉と書かれている。

「……え？」

彼はまた声を漏らした。なんだって？　これはどういう意味だ？　一時間以内に——一時間以内に——なんだって——死……

彼は、へっ、と笑おうとした。しかしそれはひきつったものにしかならなかった。一時間以内……もう、このカードをあの店から受け取って、それぐらいの時間になっていた。ぱっ、と腕時計を見る。店を出てから、五十八分経っていた。

「…………！」

彼は理性も何もなく、本能的な恐怖に襲われて、あわてて周囲を見回した。すぐ後ろに玩具《おもちゃ》屋があった。彼はすぐにそこに飛び込んで、叫んだ。

「リ、リボンは……青いリボンはあるか?!」

「はいございますよ。プレゼントのお求めですか？　それでしたら——」

呑気《のんき》な店員が呑気に商品を奨めようとしたのを無視して、財布から一万円札を抜き出して怒鳴った。

「そいつをよこせ！　釣りはいらない！」

「は？」

リボンリールを手にしていた店員がぽかんとなったその間に、彼はそいつをひっ掴んで、そのまま奪い取った。そのまま外に駆け出す。

ああお客様、という店員の声が後ろに聞こえたが、彼はそんなものにはかまわずにまた周囲を見回した。駅前の道路沿いには植木や花壇が並んでいたが、そこに赤い花が見当たらない。

時計をちらりと見る。五十九分——あと一分しかない。

（ううう……！）

焦燥《しょうそう》に駆られて彼は走り出した。人をはね飛ばし、また溢れてきた鼻血にもかまわず、ぜいぜいと息を切らしながら赤い花を探した。

「――あっ！」

それを見つけたとき、彼は思わず歓声を上げていた。交差点沿いの植え込みに、ちまちまとした赤い花が咲いているのが眼に入ったのだ。

飛び込むようにして植え込みに突っ込んで、ぶるぶると震える手で彼はなんとかリボンをその枝に結んだ。間に合った。

ふう、とため息をついた。その途端、急に我に返る。

自分は何を馬鹿なことをしていたのか、と冷静な心が戻ってきたのだ。つまらないジンクスにとらわれて、みっともないことをしてしまった。バツが悪くなり、彼は顔をしかめつつ身体中についた植え込みの葉っぱや花びらをはたきつつ立ち上がる。

その顔が、しかめっ面になる途中のところで、ぎしっ、とひきつる。

そのとき、彼はふいにあの陰気な男がぼそぼそ言っていた言葉を思い出していた。ヤツは言っていた――

〝我々は、皆……運命に抗《あらが》って生きている……だから……ほんの少しでも気を緩めれば……〟

青いリボン――彼はそれを買ったはずだった。確かに青かった――そのはずだ。

しかし今、彼の視線の下にあるリボンの色はなぜか紫色になっている。青い色を紫色にするには、ある色を足してやればいい。そう、それは赤い色で、街の中でまず赤い色と言えば――。

「…………！」

彼は上を見た。そこにはそれがあった。交差点の上には必ず置かれていて、いつも光を放っているそれ――信号機が赤い色を撒き散らして輝いていた。

そして、その赤光《しゃっこう》を受けて染まっていた花が、信号が切り替わる一瞬、元の白い色に戻った。

だが、彼はそれを見ることはできなかった。時間切れだった。赤信号に変わる寸前に少し強引に突っ込んできた車と、青信号に変わるのをほんのちょっとだけ待てなかった車がそれぞれ交差点に突入してきて、そして衝突してそれぞれ反対方向に弾き飛ばされた。

悲鳴を上げたのは周りにいた人間たちだった。その車に押し潰された者は、自分の身に何が起こったのかも知ることなく、そのまま――べしゃっ、と路面にどんな花よりも赤い色を撒き散らして、静止した。

その傍らに、ひらひらと宙を舞っていた一枚のカードが落ちた。その表面には何も書かれていなかった。

＊

「──あら？」

ジンクス・ショップの客が少し途絶え、煙草を吸いながらくつろいでいた楢崎不二子は、遠くに救急車の音を聞いてちょっと暗い気持ちになった。

「あら嫌だ、事故かしら？」

「……………」

その横にいる柊は返事をしない。ただ、誰にも届かない声でぼそぼそ言っているだけだ。

「……愚者に関わっている余裕はない……我々には、遊んでいる暇はない……」

彼が呟いていることにも気づかず、不二子は彼に話しかける。

「ねえ、オキシジエン？　店が終わったらさ、一緒に食事でもしない？　社長に付き合いなさいよ」

これに、陰気な男は即答しなかった。どこかぼんやりとした視線を宙空にさまよわせてから、ぽつりと言った。

「……水に関係するものを口にすると、ひらめきが生まれる……」

この言葉に不二子は苦笑した。

「なあに、魚を食べたいの？　まったくなんでもジンクスにしちゃうのね、あなたは」

「……あらゆるものが……すべて……運命に関係している……」

その声はぼそぼそと聞き取りづらく、しかもどこか投げやりな響きだったので、その真意を摑むのは難しかった。

「……だから、あらゆるものを監視しなければならない……運命の波濤《なみ》が、我等を流し去ってしまう前に……」

「え？　なんですって？」

煙草の灰が落ちそうになって、灰皿に落としていた不二子には、彼の言った言葉はほとんど聞こえていなかった。

「……いいや、なんでもない……」

オキシジエンは静かに言った。

4.

「——ただいま」

仲村紀美香は自分の家に帰ってきた。

「あらお帰りなさい。すぐに晩御飯よ」

母親が明るい声で言ってきたが、彼女は無言のまま自分の部屋に上がって、制服を着替えた。

リビングに行くと、もう食事の支度はすべて済んでいて、父も弟も食卓に着いていた。

料理はすっかり冷めてしまっているが、誰も手を付けていない。

（早く帰るつもりだったからな――）

紀美香はため息をついて、席に着いた。

「いただきます！」

弟が明るい声で言って、むしゃむしゃと元気よく食べ始めた。

「あらあら、そんなにあわてて食べると喉に詰まるわよ」

母親がいつものようにたしなめる。

〝いいじゃないか。男の子はたくさん喰って身体を大きくしなきゃ〟

と、父親はいつもそういうことを言うはずである。その言葉が実際に発せられる前に、弟は、

「そうそう、俺は野球選手になるんだから。身体が資本になるんだよ」

と大人びたことを背伸びして言う。

〝孝史《たかふみ》は未来のホームラン王だからな〟

と父親はこれまた口癖になっていることを言うはずである。

「でもお父さん、孝史もそろそろ中学入試のことを考えないと」

母親がこれまたいつものように言う。

〝うむ――しかし、そんなに焦っても仕方ないだろう〟

そう言うはずの父親の声は実際には聞こえないが、母親は、

「いや、そうも言っていられないのよ。もうあっという間なんだから」

と決まり文句を口にする。

「紀美香だって前もってやっていたわよね？　だからあんなにいい学校に入れたんだから」

「姉ちゃんはガリ勉だから、未だに彼氏もできないんだよ」

弟がからかうように言う。

いつもならここで紀美香は「余計なお世話よ」といったようなことを言うはずであるが、今日は彼女は面倒になって、

「――〝一時停止《ポーズ》〟」

と呟いた。

その途端、母親と弟の動きがぴたり、と静止した。開き掛けた口もそのままに、人形のように動かなくなる。

父親は――彼は最初からまったく動いていない。食卓の席に着いたまま、微動だにしていない。

動けるはずがない。彼の頭部には、頭頂部から額にかけてぱっくりと大きく割れていて、脳が外から見えていた。どう見ても――まともに動けるはずのない姿だった。

三ヶ月前に浮気がばれてしまい――逆上した母親がこの父親の頭をブチ割ってしまったのだった。

しかし、頭が割れているのに、どういう訳かその姿勢が崩れ落ちない。不自然ともいえる体勢で、固定されたように動かない。迸《ほとばし》り出るはずの血も流れ出ていない。まるでそこだけ、時間が停まっているかのようだった。

そしてその頭部には奇妙なことがもうひとつあった。だいぶ薄れてきている彼の頭の、額の一部分に長い髪の毛が一房だけ、ぞろり、と生えているのだった。そこにだけ後から植えつけたとしか思えない不自然さだった。

「やれやれ――そろそろ限界か」

その父親の姿を見ながら、紀美香はひとり呟いた。彼女の髪の毛の長さが、その父親に食い込んでいる髪とほぼ同じである。

そして――注意深く見ないとわからないが、ぴたりと停まったままの母親と弟の額にも、髪の毛が不自然な形で生えているところがあるのだった。

「あの木下のようなのが他にもいるかも知れない。これ以上隠してはおけないな――さて、どうするか」

紀美香はまたため息をついた。両親が痴話喧嘩《ちわげんか》の果てに殺し合いをしたなどということが世間に知られたら、穏やかに生きていくことが目的だった彼女の人生は大きく狂ってしまう。だから、彼女はその異常な能力ですべてを隠してきたのだった。だが、それにもそろそろ無理が出てきたようだ。

彼女はちょっと眼を細めて、

「それにしても——ギミー・シェルターか。確かに名前を付けるならそんな感じよね、この能力は——」

と、おかしそうに言った。そして真面目な顔に戻り、

「カレイドスコープとか言った、あの連中が何を企んでいるのか知らないけど、うまくつけ込むことができれば、あるいは——逆に利用できるかも知れないな——」

と囁くように言った。

彼女にはわかっている——自分はこの世界とは相容れない存在であるということを。そして、感じている——それが何なのか、まったく見当も付かないが——自分を倒そうとしている何者かがこの世に存在していることを。そいつは世界の敵とみなした者を容赦なく殺す、そのためだけに存在している死神なのだ。

そいつから身を隠し、自分を守らなければならない——そのために、あのジンクス・ショップを利用できるかも知れなかった。うまく立ち回ること、それが必要なことのようだ。

「そうだな——私が世界の敵であることを悟らせずに、連中を互いに戦わせて共倒れにすることができればベストね——」

彼女は口元に笑みを浮かべていた。普段は、人当たりのいい少女と評判の彼女が、決して他人には見せることのない底無しの邪悪さが剝き出しになっている、それは、そういう微笑みだった。

第三節
黒い帽子、緑の地下

1.

（――あれが、ジンクス・ショップか）

殺し屋、澄矢雅典は少し離れたところからそのツイン・シティに挟まれたような形で建っている小さな建物を見つめていた。

彼が調べたところ、あの店では不思議な商品を売っているらしい――それが彼に、佐々木政則事件の秘密を知らせたようだ。

（でもなきゃあ、この俺があの事件に関心があることが、あいつにわかっていたはずがないしな――しかし、それは本当に偶然なのか？）

彼としては、自分にも奇妙な能力があることから、あながち適当なオカルト商法とも言いがたいものを感じている。しかしジンクスとは？　特殊能力として、一体何を感知すれば、そういうデータが導き出されるのか。

（得体が知れないな――あまり接近するのは得策でないかも知れん）

彼はしばらくショップを見つめていたが、女子高生が二人入っていくのを見たところで、きびすを返しその場から去った。

そろそろ時間なのだ。そう――かつて〝殺人鬼の標的だった少女〟末真和子が学校から予備校にやってくる時間が来たのである。

一応、警察に裏から手を回して調べさせたが、しかし末真和子のことは記録になかった。ガセネタかとも思ったが、しかし佐々木政則事件そのものが、記録が妙に不充分であったので、やはりそこに〝隠蔽《いんぺい》〟のにおいを嗅《か》ぎつけて、少女のこともあながち嘘ではなさそうだと思い直した。

それで、密かに追跡を開始したのである。

末真和子は友だちと一緒にやってきた。スポルディングのバッグを下げた女子高生で、大抵この娘と一緒にいる。仲も良さそうである。

（一緒にやってしまうのもいいな――しかし、それでは佐々木政則の行動とずれるか？）

高校ではなく、予備校の方で見張っているのは、末真和子の通う県立深陽学園が山の中にあり、関係者以外が不用意に近寄ると他人の目にとまる危険が大きいからだ。しかしこの駅周辺でなら、色々な人間が大勢いて、標的を観察する澄矢の姿など紛れて目立たない。

（――む）

予備校の、四階の窓に、例のスポルディングの娘が現れて腰を下ろした。ということは末真もその隣にいる。

（あそこか――）

彼は近くのデパートに移動して、同じ高さにある喫茶店に入って観察を続行することにした。

前もってこの辺の地理は把握済みだ。

講義は人気がないようだ。席はがらがらで、末真は真面目に受けているが、他の者たちは一様にだれている。黒板にびっしりと書き込まれている数式などを見ても、内容が難しすぎるらしい。

末真の横の娘も、窓の外に目をやったりして集中していない。彼女のぼーっとした様子に、なんとなく澄矢は苦笑した。あの調子では合格は無理そうだ。

末真は真面目というか、普通に講義を理解しているらしい。ノートを取る動作に無駄な力みが見えない。

（頭は良さそうだな——その辺が佐々木政則に気に入られたのか？）

彼が、佐々木政則の事件にうけた影響は計り知れない。なにしろ、それで彼は殺し屋になったようなものだからだ。

事件が起きた当時、彼はまだ普通の高校生だった。特殊な能力〝ホワイト・ライアット〟はこの頃からあったが、しかしその使い道はせいぜい気に入らないヤツをいたぶるとか、万引きするときに店員の目をごまかすためとか、今一つぱっとしない使い方ばかりだった。

しかも、どこか及び腰で、能力を持っていることがそんなにいいこととも思えなかった。あるから使う、という感じで、そのことに誇りも目的も見いだせなかった。確かにこの能力があれば、あれこれと人生をうまく渡っていくことはできるだろう。しかしそれだけだ。ちょっと手先が器用、というのと大して変わらない。そう思っていた。だが——

（しかし、俺は佐々木政則の事件を知って、自分の目的を悟ったのだ）

女性を、生前の尊厳も何もなく、脳味噌を刳《く》り抜いてしまうという凄惨《せいさん》極まる殺し方をした男の目的は、遂にわからなかった——しかしそれを知ったとき、そういうものがこの世界に存在すると認識したとき、彼の人生は決まったのだ。

彼はその殺人を惨《ひど》いとは思わなかった。衝撃は受けたが、しかしそれはマイナスのものではなかった。

感動——

そう、それはそうとしか呼びようのない感情だった。

〝殺すにはどうすればいいか〞

そう考えて他の人間を見るようになったら、文字通り彼の世界は変わった。

つまらなく、退屈な連中はすべて彼に狩られるのを待っている獲物になった。世界は彼の遊び場になったようなものだった。今は、パスタイム・パラダイスに協力してやっているが、それも飽きたらすぐにやめればいい。彼の〝ホワイト・ライアット〞の前では、どいつもこいつもおたおたするだけのビビリ野郎に過ぎないのだから。

その彼がただひとり尊敬する、その佐々木政則が殺しそこねた少女——それは彼にとって、自分の親を殺したときよりも興奮させられる獲物であった。彼自身もいまひとつ把握していないが、なんというか――崇拝の対象である佐々木政則そのものを殺したいという、一種の倒錯した気持ちがそこにはあるのだった。

そう、佐々木政則は少なくとも彼の知る限り人間の一人である。それを超越したと澄矢が感じたとき、彼の言うところの〝人生の目的〟とやらがどんなものに変わるのか――それはまだ本人すらわからない。しかし、ただでさえ慈悲心に欠ける澄矢雅典の性格が、さらに歯止めの利かないものに変わるのは避けられないだろう。

（ええい――しばらく監視していようとも思ったが、どうも我慢できねえな。佐々木政則が殺せなかった理由を知りたかったが、そんなことはどうでもいいか――）

どうせ殺せば同じことだ、澄矢はそう思って喫茶店の席から立ち上がった。

＊

「ごめん末真、今日は一緒に帰れないや」

予備校の講義が終わった後で、藤花がわたしに両手を合わせてきた。

「え？　どうしたの？　竹田さんとデート？」

「いや、そんなんじゃなくてさあ――補習よ、補習。こないだの実力テストの時、成績悪かったから――」

彼女は補習という言葉を顔をしかめながら言った。

「ああ――そうか」

うちの予備校には別料金の実力テストを受けると、特別サービスとして補習も受けられるのだ。成績が良くても悪くても受けられる訳だが、その必要がない人はほとんど行かないから、高校の補習とイメージはあまり変わらない。

「うーん、わたしあのテスト受けなかったからなあ――」

「末真は受けてても、どうせ出る必要はないでしょ」

藤花はへっ、と少し力のない笑みを浮かべた。疲れてるみたいだ。

「自習室で待ってようか？」

わたしがそう言うと、藤花はふるふると首を横に振った。

「それじゃあ、気になって勉強できないわよ」

「そ、そうか――」

「ごめんね、ほんと」

藤花はそう言うと、補習の教室に行ってしまった。

わたしはなんともモヤモヤした気持ちのまま、予備校から外に出て、駅に向かった。

（うーん……）

藤花はやっぱり、恋と受験の板挟みというか、忙しい彼氏との擦《す》れ違いや思うように上がらない成績のことなどで苦しんでいる。

こういうとき、わたしは自分が無力な女子高生に過ぎないことを少し思い知らされるような気がする。友だちが明らかに悩んでいて、それは他人から見たら大したことがないようなことでも、でも彼女にとっては世界が傾いてしまうようなすごく辛いことなのだ。それに対して、自分が何もできないというのは、とても――嫌な感じがしてならない。

「うーん……」

わたしは、牛みたいなうなり声を上げて、通りをとぼとぼと歩いていた。街ゆく人たちはみんな幸せそうに見えた。しかし、この人たちだってやっぱり、みんなそれぞれの悩みを抱えて、なんとか日々をしのぐようにして生きているに違いない。

「うーん……」

わたしのモヤモヤとした気持ちは、どんどん高まっていってちっとも治まらない。

そんなとき、わたしの前にひとりの女の子がすっ、と立った。

そして手を差しだしてきた。なにかと思ったら、

「どうぞ！」

と言った。その赤いマニキュアを塗った手の中にはティッシュがあった。店か何かの宣伝材を配っていたのだ。

「………」

わたしはそのティッシュを少しの間見つめていた。

「あの？」

バイトらしき女の子は怪訝《けげん》そうな顔でわたしを見つめてきた。わたしは——

「——やめた」

と呟いた。

「は？」

「やっぱり——帰るのやめた。戻るわ」

と言って、わたしは予備校に向かってきびすを返した。後で嫌がられるかも知れないが今、わたしは藤花を待っているべきだとしか思えなかったのだ。

後ろからティッシュ配りの女の子のきょとんとした視線を感じたが、わたしはかまわずに、ずんずんと道を戻っていく。

*

——それを見つめているティッシュ配りの娘は、しかし、末真の感じていたような呆れた気持ちは持っていなかった。その代わりに、

「——ちっ」

と誰にも聞こえない声で、かすかに舌打ちしていた。

（――あの小娘には、相当の精神力を感じた。せっかく、かなりの〝意志〟の力を手に入れられそうだと思ったのに……何か勘づいたのか？　いや、それはない……）

ティッシュ一つ配るにつき五円の歩合でバイトをしている彼女、小宮山愛《こみやまあい》は心の中で忌々《いまいま》しげに毒づいていた。

（偶然に守られたというわけか？　まあ、見たところ予備校帰りらしいから、また接触するチャンスはあるか……）

彼女は手にしていたティッシュをポケットの中に入れた。爪の赤いマニキュアがそれに染み込んでしまっていたからだ。

いや――よくよく見れば、それはマニキュア液ではない。完全に乾いたマニキュアはティッシュに染み込んだりはしない。

それは、彼女の左手の小指――その爪の付け根から常に流れ出し続けている血の色なのだった。彼女は、それを末真和子に付着させようとしていたのである。

彼女はそれのことを〝スイッチスタンス〟と自分で名付けて、呼んでいる――。

そして彼女の横を通り過ぎていく街の人々は、誰一人としてその異物が自分たちの生活に紛れ込んでいることに気づいていなかった。

2.

(……なんだ? 予備校に戻って行くぞ?)

当然、末真和子を監視していた澄矢雅典はそのことに疑念を感じていた。スポーツバッグを下げた友だちと一緒じゃなかったので、絶好のチャンスだとすっかり狙いをつけた気づいていたため、彼女の方向変換は彼をかなり苛立たせていた。

(なに考えてやがる? ええい、忌々しい娘だな……!)

もともと辛抱強い訳ではない。殺し屋というと、普通ならば標的が狙ったところに来るまでじっと息をひそめて待つ、というようなイメージがあるが、こと澄矢に関してはそういう面はまるでない。相手や周囲の隙などは能力でいくらでも作り出せるわけであり、殺すのはいつだって簡単だったのである。

彼は苛立ちつつも、末真和子の後を追って予備校に向かっていく。彼女がこっちの追跡に勘づいていないのが気配で読みとれるため、足取りは尾行者としては乱暴なほどだ。

予備校の建物に、末真に続いてためらいなく入っていく。

主な講義が一段落しているらしく、中はやや閑散とした感じになっていた。チャンスだ。

(エレベーターの中で一緒にでもなれば、そこでケリをつけられるな)

内心で舌なめずりをしながら、彼は末真の足取りを追ったが、エレベーターの前には上階に用があるらしい清掃用具を積んだワゴンが停まっていて、それだけでケージが一杯になってしまいそうだった。それを見た末真は階段の方に方向を転じた。

澄矢は当然、その後に従う。場所が階段の踊り場になろうと、彼としてはちっともかまわない。

（こうなったら、二、三人巻き込んでもかまうものか。どうせどいつもこいつも、同じ屑《くず》みたいな人間だ……！）

だんだん彼の心の中で、認識が〝自分〟と〝人間〟というような乱暴な二極化をはじめていた。殺人鬼として佐々木政則を超える、という発想がそのまま他のすべての人間を、その世界を超越するという感覚に発展していたのだ。

末真和子は軽快な足取りで、とっとっとっ、と人気のない階段を昇っていく。

「くっくっくっ……！」

澄矢雅典は不気味な笑いを浮かべながら、階段に足を踏み入れた。

上の方から、末真の足音が響いてくる。その調子にはなんの警戒もない。無防備に、友だちのところに行く以外のことには、まったく気が回っていないのは明らかだった。

（だが——おまえはそこまで行くことは永遠にないんだぜ、末真和子……！）

彼は彼女を追って、無音で階段を駆け上がっていった。

そしてついに標的に追いついて、その背中に能力を込めた手を伸ばそうとした――そのときだった。

耳元で、何かが聞こえた――ような気がした。

（――?!）

なんの気配も感じていなかった彼は、あわてて後ろを振り向いた。

すっ、と視界の隅を黒っぽい何かが横切り、階段の踊り場の向こうに消えた。ちらりと見えたその姿は――

（――馬鹿な?!）

驚きのあまり彼は末真和子のことを一瞬忘れ、その黒いものを追いかけて、来たコースを逆行していった。

＊

「――ん？」

後ろの方で何か、がたたん、という音がしたので、階段を昇る途中だったわたしは思わず振り向いた。

しかし、そこには何もなく、誰もいない。でも――

（……変ね？ 今、一瞬――口笛みたいな音楽が聞こえたような気がしたけど――）

確かあの曲は――なんだったっけ。前にも聞いたことがあるような……。

（でも――ま、空耳《そらみみ》よね）

わたしは再び階段を昇って、藤花が補習を受けているはずの教室の前まで来た。講師の大きな声が廊下にまで響いてきている。

わたしはそーっ、と室内を覗き込んだ。

（……あれ？）

しかし、そこには藤花の姿がどこにもない。

教室の番号を確認する。やっぱり間違いなく、問題の補習が行われている教室である。

（どうしたのかしら……？）

わたしはなんだか胸騒ぎがした。さっきの藤花はすごくしょんぼりしていた。わたしと別れて、一人きりになって、それからこの補習に向かう途中でどうにも気が滅入って、屋上に昇って発作的に――とか、嫌なことばかりが頭に浮かぶ。

（ああ――やっぱり一緒にいればよかった！）

わたしは湧き上がる不安に押し潰されそうになりながら、またさっきの階段に戻って、そして――上に向かって駆け昇り始めた。

(——なんなんだ、ありゃあ?!)

＊

澄矢雅典は、階段を駆け下りながら自分の眼が見たものがまだ信じられなかった。

馬鹿みたいな——黒いマントに、黒い帽子を被っているように見えた。

そして口笛が——あの曲はワーグナーの、ニュルンベルクのマイスタージンガーだ。あんな派手な曲を吹きながら、なんの気配も感じさせずに唐突に現れた——そんな馬鹿な存在があってたまるか。

だがそいつは、間違いなく彼が得意の絶頂にあったそのときに、背後に唐突に出現したのだ。

彼はそいつの影を追って下へ——地下へと向かう。

足音は、両者ともまったく立てない。澄矢は殺しのテクニックを磨いていたときに身につけた技術だったが、あの黒帽子はいったいなんで無音で疾走できるのか?

予備校の地下はワンフロアまるまる、ほとんど使われていないで閑散とした駐車場である。

かつてオフィスビルとして建てられたこの建物の、過去の名残が最も残っている場所である。

予備校は講師や職員の車通勤を禁じているため、普段ここを利用するものはいない。外に通じるシャッターも固く閉ざされたままだ。

逃げ場はない――そういうことである。

（なんだか知らんが――とにかく殺す！）

走ってきた澄矢の足が、駐車場の中央あたりで、ざっ、と音を立てて停まった。

その前方に、黒帽子が待っていたからだ。

闇の中に、地面から上に伸びている影のように、ぬうっ、と立っていた。

ただ、法律に基づいて付けられている非常口の緑色のランプ光だけが、周囲をぼんやりと照らし出している。常人ではほとんど真っ暗に等しいが、しかし澄矢は普通の人間ではない。

「――てめえは――なんだ？」

澄矢は至極もっともな問いかけを黒帽子に向けて放った。

光量が少なく鮮明にはわからないが、黒帽子の顔は不自然なほど白く、唇には黒いルージュが引かれている。

（しかし――どこかで見たような顔だな）

確かにどこかで見た、と感じた。それもごくごく最近のことだ。一体どこだったか……と澄矢が疑念を感じていると、黒帽子は、

「だいたい見当は付いているんじゃないかい」

と言って、とぼけているような、嘲笑《あざわら》っているような、左右非対称の奇妙な表情をみせた。

「なんだと……？　どういう意味だ？」

「君はもう、自分が何者なのか薄々勘づいているはずだ。世界にとって、どういう意味を持つ存在なのか——その道を、既に選んでしまっている——だから、ぼくが出てきた……」

黒帽子の口調はどこか歌うようで、周囲に充満している殺気とは今一つ調和がとれていない。

「なんの話だ？」

訳がわからず、澄矢は苛立った声を出した。

「てめえは何者だと訊いているんだ。パスタイム・パラダイスと敵対する組織の者か？」

「名前はブギーポップだ。残念だが、ぼくには依存する対象が存在しない」

名乗ったが、やはり意味不明の内容である。

「依存——？」

「君だって——もう組織などには依存していないはずだ。違うかな」

ブギーポップは静かな、冷たい口調で言った。

む、と澄矢雅典の——ホワイト・ライアットの眼がわずかにひそめられた。

何がなんだかさっぱりわからないが——たったひとつだけ、はっきりしていることがあった。

こいつは彼を殺す気で、彼もそのつもりで、両者の間にはそれ以外の何物も存在していないのだ、ということが——

じりっ、と彼が一歩わずかに後ずさって体勢を修正したとき、ブギーポップは囁くように言った。

「ぼくは〝世界の敵〟の〝敵〟だ——」

その言葉が終わるか終わらないかの内に、ホワイト・ライアットはブギーポップめがけて飛びかかっていた。

すいっ、と影はまるで地面に吸い込まれるようにして身を伏せて、横に逃れた。ライアットの攻撃は空を切った。しかし——彼の能力は相手に直撃させる必要はない。

既に、黒帽子には彼の能力の毒牙《どくが》ががっちりと喰い込んだも同然なのだ——彼はニヤリと不敵な笑みを浮かべた。

両者は再び、ばっ、と互いに間合いを取るようにして離れた。

「くっくっくっ……！」

ライアットはブギーポップに向かって指を突きつけた。

「俺のすぐ近くにまで来てしまった貴様はもう、おしまいだ……！」

「…………」

ブギーポップはこの不気味な宣告にも表情を変えない。そして、

「ふん……」

と、かすかに鼻を鳴らしてから言った。

「誘発因子による感情操作か——その手の肉体に作用する攻撃はぼくには通じないよ」

その言葉を聞いて、ライアットの顔色が変わった。

そう——彼の攻撃というのは、実は彼の身体から発せられるごくわずかな〝気配〟そのものだったのだ。

ある種の昆虫は、危険が迫ったとき特殊な臭いを発して群れ全体に危機を伝える。その臭いをかいだ他の虫は、無条件で興奮状態に陥り、突然死にものぐるいで暴れ始めてしまうのだ。その臭《にお》いを実験でその臭いを嗅《か》がせ続けると、虫は激しく活動しすぎてすぐに死んでしまうという——そして、ホワイト・ライアットは、それと同じことを人間にもできるのだ。

これが毒ガスのようなものであれば、マスクなどで防ぐこともできる。

だが〝気配〟とは？

そういうものがあることは誰でも実感として知っているのに、しかしそれがなんなのか、誰も具体的にはわからない。

わからないものは防ぎようがない。だからこそ、それは無敵の能力のはずだった——それなのに、

「……なんだと？」

いつまで経っても、ブギーポップに動揺は現れてこない。彼の〝気配〟を充分すぎるほどに感じているはずなのに、ぴくりともしていない——。

「なんなんだ、貴様——人間ではないというのか？」

この問いに、ブギーポップは静かに答えた。

「ぼくは死神さ」

ぎりり、とライアットの奥歯が嚙《か》みしめられて軋《きし》む音がした。

「——ほう？　しかし……少なくとも生身であることは間違いなさそうだな。ならば、物理的に破壊すればいいと言うことだな……！」

ぎりぎりぎり、と顎《あご》から異様な音が響いてくる。それは奥歯をただ嚙みしめているのではなく、彼の〝ギア〟を切り替えるための動作だった。

そう——彼が異常に活性化させられるのは他人だけではない。自分の肉体も限界まで高揚させ、そして限界を超えることもできるのだった。

ばしっ、という、何かが弾けるような音が響き、次の瞬間ライアットの身体は先刻に数倍する速度で突っ込んできた。

「——！」

ブギーポップはかすかに眉をひそめながら、後方に飛んで逃れ、さらに追撃してきた敵を地面を転がるようにして紙一重で避けた。

目標から外れたライアットの拳は、コンクリートの柱に命中し、そして——それを半分以上も、ぞりっ、と殺ぎ取ってしまった。異常なパワーだった。

「——くっくっくっ……！」

凄絶な笑いを浮かべて、ホワイト・ライアットはブギーポップの方を振り向いた。

「驚いたか、俺は人間の身体に秘められた可能性を百パーセント引き出すことができるんだぜ！」

自信満々に言う、その言葉はハッタリではなかった。何しろコンクリートを破壊した際に、拳自体も砕けていたのだが……その傷がみるみるうちに治っていく。肉体が持っている再成能力が限界まで発揮されているのだ。痛みもまったく感じていないらしい。

「やってみたことはねえが、たぶんマシンガンで蜂の巣にされても、俺は死なない自信がある……！」

「――なるほど」

ブギーポップはゆっくりとした動作で、立ち上がった。

「誰でも、似たようなことを考えるものだな」

妙なことを呟いた。しかしそんな言葉など、ライアットにとっては意味のない戯言《ざれごと》に過ぎない。

「――喰らえ！」

彼は再び、全開で突撃した。前の攻撃よりもさらに速度と威力が増した、最強のラッシュだった。どんなヤツであろうと、かわせるはずがない――

きらり、と空中でか細い何かが光って、疾《はし》った。

そしてライアットの拳は黒いマントの中に吸い込まれるようにして、もろに入った。一撃が決まった。

ブギーポップの身体は反対方向に吹っ飛ばされていく。

「――うわっはははっはァ！　どうだ、この俺の前では、たとえ死神であろうが――」

彼が勝利を確信して高らかに凱歌《がいか》を上げようとしたとき、彼は妙なことに気が付いた。

（――あ？）

さっきまで白っぽく見えていたコンクリートの床が、彼の周りだけなんだか妙に黒ずんでいた。しかも、その大きな影のような部分はどんどん広がっていく。

（なんだ、これは――？）

彼は足元に目を落とそうとして、しかしその途中で、ぎしっ、と顔が強張った。

今――黒帽子にぶち込んでやったはずの拳が――右腕が、その肘から先がなくなっていた。すっぱりと、まるで断面図を見るための模型のように真っ平らに斬られていて、そして――そこから水道の蛇口をひねったみたいに血が流れ落ちていたのだった。

黒っぽく見えていたのは、彼からの出血が作った水溜まりならぬ〝血溜まり〟だったのである――。

（――?!）

彼はあわてて傷口を押さえた。なまじ痛みが消えてしまっているために、一体いつのまに斬られたのか、まったくわからない。そう――〝気配〟をまるで感じなかった。

いかに強力な再成能力があっても、ないものを再び作ることはできない。

「ぐ……?!」

そういえば、なにか一瞬、きらっと糸のように細い細い光が見えたような気がした――あれだったのか?

斬られた手はどこに行った、もしかしてすぐにくっつければ元に戻せるかも――と、彼は周囲を見回そうとして、そしてまた顔が強張る。

いない――。

確かに吹っ飛ばしてやったはずの、あの黒帽子の姿がどこにもない!

「――こ、これは……?!」

彼が呻いたそのとき、どこからともなく声が響いてきた。

〝人間に秘められた可能性を、限界まで百パーセント引き出す――その動きは見慣れているよ。ぼくの敵になる者は、たいていそれぐらいは基礎として概《おおむ》ね備えていることが多いからね〟

それは、凍りつくように冷ややかな声だった。

「な、なんだと……?」

〝そして当然、殺し方も知っている――要は、人間としての機能を維持できなくなるまでに、バラバラに分解してしまえばいいだけのことだ〟

戦慄《せんりつ》するホワイト・ライアットに、容赦《ようしゃ》のない声は地の底から響いてくるように聞こえた。

ひゅん。

耳元で何かが空を切る音がした。あわてて身を引いたが、遅かった。さっき斬られた右腕が、今度は肩から分断されて宙を舞った。

そして次の瞬間、その部品はさらに光に絡みつかれ、粉微塵《こなみじん》になって弾け散った。

後からくっつけることなど、絶対にできないほどに完璧なまでに破壊されきっていた。

「――――っ?!」

黒帽子の姿は闇の中に溶け込んでしまっていて、どこにも見当たらない。

ただその攻撃だけが――〝死〟だけが、ひたひたと彼に向かって迫ってきているのだった。

「………!!」

ホワイト・ライアットは声なき悲鳴を上げて、その場からなりふりかまわない逃走に移った。

逃げる先はこの地下駐車場にはない――上に行かなくてはならない。だがここに降りてきた階段は使えない。そこに行くことはあまりにも見え見えであり、待ちかまえているのは確実だ。

だから、彼は当然あるはずの、しかしもはや人々に忘れ去られているもののところに向かった。

すなわち、閉鎖されているエレベーターシャフトへ。

ドアにはもう電気も来ていないので、開けるのは容易だ。扉の合間に左手の手刀《しゅとう》を打ち込んで、無理矢理にこじ開ける。中に入っても当然ケージはない。横に付けられている梯子《はしご》に飛びついて、彼はひたすら上に向かった。

そう――彼は既に、さっき末真和子にわずかだが〝気配〟を打ち込んである。彼女はかるいパニック症状に囚《とら》われて、訳もなく屋上のような吹きっさらしのところに行きたくなっているはずだ。

（そこまで行けば――人質が取れる！）

それは彼らしくもない、弱腰の姑息《こそく》な計算だった。それを行うことは、彼にとっては不敵な殺し屋としての誇りを投げ捨てるに等しいことであった。

だが――彼は遂にそのことを経験しないで終わる。

中程まで到達した彼が、片手で必死に梯子を掴んで、さらに上に身体を引き上げようとしたら、がくっ、と底が抜けるような感覚が生じた。

彼にはそれを見る余裕はなかったが、そのとき――彼の体重を支えるべき両脚ともが、身体から切り離されて地下へと落下しているところだったのだ。

手はあっけなく滑り、彼の身体も脚に続いて下に墜落《ついらく》していく。

（――ああ――）

彼はそのとき既に恐怖も、しまった、というような悔恨もなかった。もうこれ以上イライラしなくてすむのだ、という認識だけがあった。ただひとつだけ思い残すようなことがあるとすれば、それは——

（——一度くらい、ジンクス・ショップに行って、まじないのひとつでもしとけば良かったかな……？）

……澄矢雅典の肉体は、地表に触れる寸前に細切《こまぎ》れになって、原形はおろか、そんなものがこの世に存在していたと信じるのが難しいような状態になって宙空に飛散し、消えた。

3.

息せき切って、階段を全速力で駆け上がったわたしは、着いたときには膝が笑っていた。

「……はあ、はあ——ふう」

屋上に来たのは初めてだった。そこは人工芝が敷かれていて、ベンチがあって、ちょっとしたミニ庭園になっていた。ここでお弁当を食べたりする人もいるのだろう。

そして、大きな金網が周りを覆っていて、とても乗り越えられそうにない。それを見てわたしはちょっとほっとした。

わたしは奥の方に向かって歩いていった。さっきまでは無闇に胸がドキドキしていたが、ここに来た途端にホッとしたせいか、落ち着きが急に戻ってきていた。

「——ふう」

わたしはちょっと息を吐いて、そしてそのベンチの前に立って、声を掛けた。

「——藤花」

ベンチに座っていた彼女は、わたしの声を聞いて、びっくりしたように顔を上げた。

「わっ、末真？」

別に足音を立てていなかったわけでもないのだが、やっぱり考え事に夢中で気づいていなかったのだ。

「ち、ちょっとさぼっちゃった、補習」

彼女は少し気まずそうに言った。わたしはうなずいた。

「座っていい？」

と訊くと、藤花は「う、うん」と言った。

彼女の傍らには、いつも下げているスポルディングのスポーツバッグが置かれている。わたしはそれをちょっと横にどけて、彼女の隣に座った。

「ねえ、藤花——わたしは思うんだけど、世界ってすっごく身勝手だと思わない？」

わたしが変なことを言い出したので、藤花は目を丸くした。

「え？」

「だってそうでしょう？　いつだって大切なことや重要なことは、その本人であるわたしたちとは無関係のところで決まっちゃってて、しかもそのことに文句も言えないのよ。いったいどうして、そんなことになっているのか、その仕組みが知りたくても、ほとんど理不尽としか思えないし。まるで靴とかサンダルでやる天気占いみたいに、表が出たら晴れで裏だったら雨、ぐらいに適当に決まっているじゃない」

「適当——かな？」

「適当よ。そうでなきゃ支離滅裂だわ。もしこの世を裏から支配している神さまみたいな黒幕がいるとしたら、そいつはよっぽどの根性曲がりか、それとも——そいつ自身もきっと途方に暮れているんだわ」

かなり罰当たりなことを、わたしは平気な顔して言った。

わたしには過去、自分にはまったく身に覚えのない理由で殺人鬼に生命を狙われていて、しかもわたしがそのことを知ったときにはもう、そいつは死んでいた——そういう出来事があった。わたしは事態に対してなんの行動も起こせなかった。自分の生命にかかわることだったのに、知ることさえできなかったのだ。

そしてほとんど人は、そのときのわたしと同じように決定的なことから爪弾《つまはじ》きにされて運命に目隠しされて、おっかなびっくり生きている。そう思う。そのくせ頼りにできるものは、それこそ照る照る坊主で雨を降らせるぐらいに頼りないジンクスまがいの、常識とか法律とか経済とか、あやふやでどうとでも取れそうなものばかりで、わたしにはそれが腹立たしくてしょうがなくなることがある。

そして今、藤花を悩ませていることだって、彼女自身に悪いところなんて全然ない――わたしにはそうとしか思えない。

「あのさ、どうしていいかわからないことは、きっと全然珍しいことじゃないのよ。世界の黒幕だってそうなんだから。どうしてうまく行かないことばかりなのか、その理由なんか誰にもわからないままで、それでもみんな、なんとかしようとしている――ええと、つまり」

わたしは勢いに任せて喋っていたので、自分でも何を言っているのかよくわからなくなってきていた。

「だからさ――藤花もその、いいことが全然ないような気がするかも知んないけどさ、それはその、つまり――」

わたしの舌がうまく回らなくなってきたら、藤花がくすくすと笑い始めた。

「もう、わかったわよ。末真」

「え？　そう？」

わたし自身も何を言っていたかよくわからなかったが、藤花にそう言ってもらえると妙にホッとした。

「ありがと。なんか末真には助けてもらってばっかりだね」

藤花は少し上目遣いになってわたしを見つめながら、言った。

わたしはちょっと口をつぐんで、そして首を左右に振った。

「……………」

「──そんなことはないわ」

わたしの方こそ、藤花と一緒にいて何かから守られている。そんな気がしている。

「あー、補習にはもう入れないわね。どーしょっかな」

藤花はベンチから立ち上がって、かるく伸びをした。

「テストの問題、今持ってる？」

わたしは藤花に訊いてみた。

「へ？　うん、あるけど？」

「だったら二人で復習しましょうよ。今の時間だったら、自習室も空いてると思うわ」

「いいの？」

「お金払わないで、テストの中身を見られると思えばありがたいぐらいだわ」

わたしはそう言って、うなずいてみせた。

ううう、と藤花は急に涙ぐんできた。そしてわたしに抱きついてくる。

「うわーん、末真あ！　あんたってほんとに優しいわあ……！」

「ち、ちょっと──しょうがないなあ──」

わたしまでなんだか涙ぐみそうになって、彼女の頭をぽんぽんと叩いた。

「ほらほら、もう空も暗いし、中に入りましょう」

「うん」

藤花は素直にうなずいた。

……二人の少女は一緒に、階下に通じる階段の方に向かって歩き始めた。

だが、そのうちの一人がふと、途中で後ろを振り向く。その先にはこの屋上までは来ないようにされたエレベーターの名残がある。完全に閉められているはずのそのドアには、わずかな隙間ができていた。

その暗闇に通じる間隙に目をやりながら、スポルディングのスポーツバッグを下げた少女はぼそりと囁いた。

「……しかし、ジンクス・ショップというのは、なんのことだろう――？」

第四節
時の亀裂、濁った雫

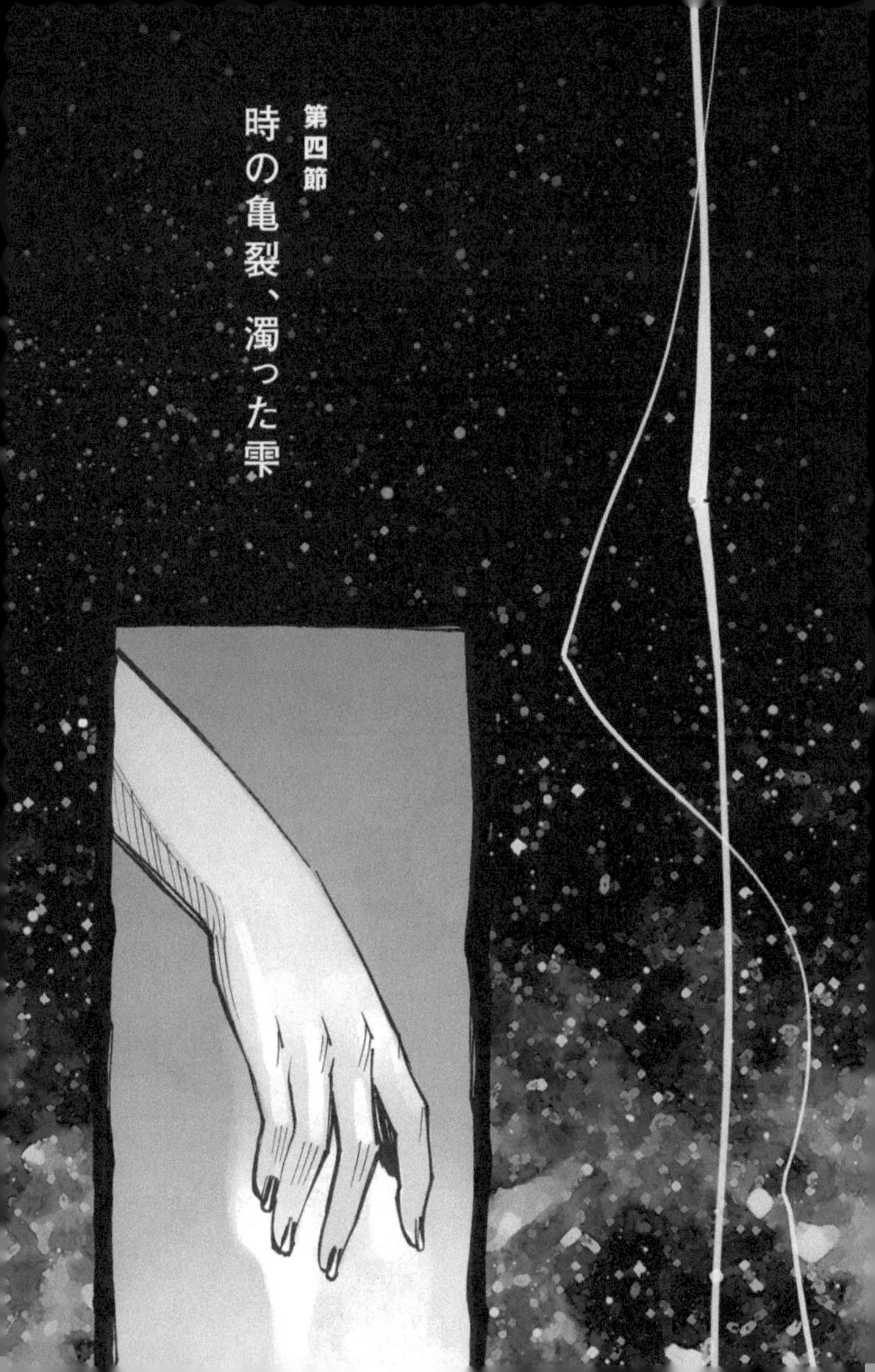

1.

「思うんだけど、やっぱり人生には夢が必要なのよ」

楢崎不二子は言ってから、上トロの握りを口の中に放り込んだ。むぐむぐ、と咀嚼《そしゃく》する間は当然喋れないので、

「…………」

柊はその間、じっと待っている。無言であることには慣れているようだ。

「でもさ、夢って言っても、大抵のことはもう、昔の人がやっちゃってるのよね」

不二子はトロを呑み込んでから再び話し出した。

「だから夢を見ようとすると、前の人が特許取ってて、その許可を受けなきゃなんないのよねえ。別にそいつだって自分で夢を作った訳じゃなくて、さらに前の人にパテント料を払ってるってだけなんだけど」

彼女は例え話と現実の体験談が混じっている話をしている。彼女には過去、とある発明に投資しようとして失敗した経験があるし、単純な憧れが世俗的な物差しでしか測れない世の中にも少し苛立ちを覚えている。

「…………」

隣の柊は何も言わず、そして目の前の皿に並べられた寿司にもあまり手を付けない。

「どうしたの、食べなさいよ」

言いながら、不二子は今度はウニの軍艦《ぐんかん》巻きに手を伸ばす。遠慮がないのは当然で、これは全部彼女の奢《おご》りなのだ。彼女は寿司そのものは好きなのだが、目の前で職人が握るというのがなんか嫌で、いつも寿司屋では特上盛り合わせを頼んで、それをボックス席か、今日のように個室で食べるのが常だ。当然残すことも多く不経済であるが、彼女はその程度はまったく気にならないくらいの金を持っている。

「……………」

柊は返事をせずに、ただ冷酒を静かに飲んでいる。

そんな彼の態度に多少鼻白《はなじら》みつつも、不二子は、

「ねえ、あなたって何が好きなの？」

と少し絡むようにして訊いた。目元が赤く、酒がまわっているのは間違いなさそうだった。

「てゆうかさあ、何を楽しみにして生きてるの？　いっつも陰気な顔してるけど——面白いことって何？」

この漠然としている上に、自分が訊かれてもうまく答えられそうにないいい加減な質問をされて、しかし男はすぐに即答した。

「……すべてだ」

「は？」

「この世にあるものは、すべてつながっている……だから、つまらないことも……面白いことも……結局は皆、すべて同じ……だ」

ぼそぼそと、投げやりな調子で言う。

「——うーん、すべて、ねえ——」

いまいち理解できない不二子は納得しかねる、という表情になった。

「でも、どうしてもこれは嫌だ、ということだってあるでしょう。そういうのはさ、何？」

詰め寄るようにして訊く。これにも柊はあっさりと答える。

「すべて……だ」

はあ、と不二子はため息を付いてまた寿司を口の中に放り込む。そして自分も冷酒を口に運ぶ。

側にあるガラスのお銚子《ちょうし》は、もう何本か空になっている。

「じゃあさ、一番大切なことは何？　すべて同じって言っても、現に色々とばらばらじゃない、世の中って」

不二子の口調はやや呂律《ろれつ》があやしくなってきていた。

「——————」

柊は少しの間、無言だった。その問いが持つ真の意味を吟味しているようでもある。

「ねえってば、何に気をつければいいんですかね、ジンクスを守っていればいいって訳でもないでしょう」

自分の商売を否定するようなことを言い出した。

これに柊があっさりと、

「ああ……そうだな」

とうなずいた。

「重要なのは……〝認識〟することだ。くだらぬジンクスでも、絶対的真理でも、それは同じこと……世界を造っているのは〝認識〟に他ならない」

「はあ？　なんのこと？」

不二子はさらにグラスに冷酒を自分で注ぎながら気のない調子で聞き返した。自分でした癖に、もう話に興味を半ばなくしていた。

「世界を……支配する方法のことだ」

柊は、唐突に奇妙なことを呟いた。

しかし不二子はというと、イクラの軍艦巻きに手を伸ばして、醬油を付けようかどうしようかと悩んでいて、話を聞いていない。

柊はかまわずに、ぶつぶつと語り続ける。

「世界を造っているのは人間で、そして……人間を造っているのが〝認識〟だ。だから世界を支配するには、認識を征《せい》すればいい……」

「世界ねえ」

目元を赤くしている不二子はふん、と鼻を鳴らして不機嫌そうに言った。

「世界って、結局なんなのよ？　時々さあ、訳わかんなくなるのよね——世の中ってヤツが、どーゆー仕組みでできてんのか。あなたならわかるんじゃないの？」

「いや……それは無理だ」

柊は断定した。不二子ははあ、とため息をついた。

「まあねえ、そりゃ無理よねえ」

彼女がぼやくように言ったとき、柊は続けて、

「しかし……〝運命〟の仕組みなら、わかっている」

と付け足した。

「え？　なになに？　どういうこと？　運命って、つまり——」

「運命とは……世界に選択されることだ」

「え？　つまり——ええと、選ばれた者だけが幸せになれるとか、そういうこと？」

これにも、柊は首を横に振った。

「いいや——その逆だ」

「逆？」

「脱落する者が、選ばれていくのだ——世界の敵が、次々と消されていく——それが運命だ」

「脱落——ねえ」

不二子はまたグラスに冷酒を注いでいく。

「なんか殺伐《さつばつ》としてるわね。勝ち抜き合戦ってことかしら。最後に残るのは、たったひとりだけ——とか？」

不二子の言葉が聞こえているのかいないのか、柊は言葉を続ける。

「脱落していく……今、このときでも、既に何人かは……この運命から落ちているはずだ」

柊は遠くを見つめるような目で、どこでもない虚空《こくう》を見ていた。

「集められ、選ばれ、落とされていく……何がそれを起こしているのか、その理由は、我々にはわからないことだが……我等は、それを受け入れるだけだ……」

ここで、柊はそれまで見せたことのない表情を浮かべた。唇の端を少し吊り上げるようにして……笑った。

「我等は、我等なりに世界の敵を滅ぼしているつもりだが……しかし、我等が狩っている者どもは、所詮《しょせん》は運命の選択の場からすら滑り落ちた——出来損ないの失敗作に過ぎないのかも知れぬ……」

その笑いは、ひどく疲れ切った、投げやりで皮肉めいた、見る者の背筋を凍りつかせるような——ぞっとする微笑みだった。

しかし、それを見る者は誰もいない。不二子の瞳は、さっきからどこも見ていなかった。ぼーっ、と焦点が合わず、冷酒を持った手が途中で停まっている。

誰が始めたのか、誰も知らない――しかし、いつのまにかそれは世界にあった。

人が、人でないものになろうとする可能性を見つけては、それを狩り取ろうとする認識――それはいつのまにか人々の心の中に染み込んでいて、ひとつのシステムを形成した。システムには明確な形がなく、それ故に偏見も制約も禁忌《きんき》もなく、世界に隠されているあらゆる技術や知識がシステムでは当たり前のものとして使われた。人間を合成する技術から造られた戦士たちが、その認識に従って、自分に近いはずの人でなくなった者を狩り立てる役割を負わされた。遺伝子工学というものが表沙汰《おもてざた》になるずっと前から、それは続いていたのだった。

支配するのに、力はいらない――ただ認識があればいい。神がいる、と誰かに言われれば人は天に向かって祈るし、国がある、と言われれば税金を納めて権利を主張するし、人権がある、と言われれば弱い人を保護しなければと思うし、芸術がある、と言われれば落書きに大金を支払う――しかしそれらの実体は誰も見たことがない。認識しか存在しない。それと同様に、人類の進化を操作し世界を裏から支配するシステムがある、という認識そのものが、そのシステムを形作るのだ。そしてその認識の中心にはいつも、何者かがいる。

象徴《シンボル》ではない。それのことはほとんど誰も知らない。指導者《リーダー》でもない。それは新しい何物にも導いたりしない。ただ認識を世界にもたらすだけの中心点でしかなく、故にそれは中枢《アクシズ》と呼ばれた。

「……所詮は、運命の辻褄《つじつま》合わせに過ぎない……だが、我等がここで放り出す訳にもいかないのだ……」

柊がぼそりと呟くと、はっ、と不二子の眼に焦点が戻った。手にしていたグラスがそのまま動いて、口元に運ばれる。

「――あーっ、おいしいわねえ！　……で、何の話をしてたっけ」

「認識の話だ」

「あー、そうだったっけ。で……認識？　それってジンクスのこと？」

結局、さっき手に取ったイクラの軍艦巻の方は、取り皿の上に置いたまま放ったらかしてある。

「要するに、適当なジンクスでも、思いこめば本当のことになるってこと？　ま、あなたの場合は本当に当てちゃうヤツがわかるんだけど――わかるってことは、どういうことなんでしょうねえ」

それは質問というよりも、詠嘆《えいたん》に近かった。どうせ聞いてもわからない、と投げやりな口調だ。だが柊はここで、

「――いや、やはり……思いこめば、それが真実になる」

と、彼女のいい加減な言葉を肯定した。

「人間は皆、認識という……心の鎖に縛られた囚人……例外はない。そう——この僕からして……」

彼がぶつぶつと、ほとんど意味不明としか思えないことを呟いていたそのとき、どこかで、

——びきっ、

と何かがひび割れるような音がした。

「ん？　なに？」

柊の話をろくに聞いていなかった不二子は、その音に顔を上げた。

「店の建て付けが悪いのかしら？　手抜き工事されたのかしらね」

「…………」

柊は何も言わない。

そして、個室の扉がノックされて、

「——失礼いたします」

と一人の老人が顔を出した。

「お嬢様、そろそろラストオーダーだと店の方が仰《おつしや》っておられますが」

「ああ、わかったわ——何か頼む？」

不二子は柊に訊いたが、彼は首を振る。

「そうね——別にいいわ。それより自分の分を頼んでよ、伊東谷」

彼女は老人——すなわち楢崎家の執事である伊東谷抄造《しょうぞう》に向かってそう言った。

「私は、もうカウンター席で充分いただきましたので」

伊東谷は微笑みながらかるく会釈して、個室から退出した。

「おう伊東谷の旦那、お嬢様は追加するって？」

馴染みである寿司屋の大将が彼に訊いてきた。伊東谷はさっきの微笑みのまま首を横に振った。

「いいえ、もう結構です」

「やれやれ、どうせまたたくさん残しているんだろう？　まあ商売だからいいけど——旦那みたいな味のわかる人ばっかりだったらいいんだけどねえ」

不二子がこの寿司屋に来るときはいつも伊東谷を連れてくる。そして彼がそのときの美味《おい》しそうな寿司を全部見繕《みつくろ》って、個室の彼女に盛り合わせとして持って行かせるのである。その選び方は実に巧みで、プロである大将から見ても舌を巻くほどで、内緒だが時々、店で出す盛り合わせの参考にしているほどだ。そして不二子が他の客と一緒に個室で食べている間、伊東谷はカウンターで自分用のものを頼むのだが——寿司屋としてはトロやウニなどの有名な高額品よりも、値段は安めだけど本当はこういうものを食べて欲しいというような、職人の腕と見識を問われるようなものを、これまた的確に頼んでくれるのである。

「私は、お嬢様のお供で来ているだけですから」

伊東谷は穏やかな微笑みを崩さないで、それまでの勘定をカードで済ませた。カードは一枚だが、領収書は二枚だ。伊東谷は自分の分と不二子たちの分を一緒にしないのである。どうも自腹《じばら》らしい。彼自身、長年の勤めで相当の蓄えがあるのだろう。これを不二子は知っているのかいないのか、いずれにせよ寿司屋としては、いつも奇妙な印象をこの客に対して持たずにはいられない。それも敬意のこもった印象だ。

（今時、家に仕える執事なんてものが本当にいるんだものなあ）

楢崎家はかつて相当な名家で各界に相当な影響力を持っていたらしいが、当主とその妻が病死してしまって、一人娘の不二子が相続してからは、なんだかぱっとしない金持ち、というようなものになってしまっている。

それでも伊東谷は仕事を辞めず、わがまま娘に未だ仕えているのは、どういう心境なのだろう――と他人は思わずにはいられない。仕事がないからだ、というのはこの多少老いてはいるが有能な男に対して適当な理由とは言えない。自分で資産を運用すれば悠々自適の生活もできそうだ。というより、今の楢崎家がかろうじて維持できているのは、この老人の力ではないかともっぱらの噂だ。

（よっぽど先代に恩があるのか。義理堅い人なんだなあ）

そういう印象にしかならない。いつもニコニコしている古武士《こぶし》、という、ちょっと矛盾したような感じが、伊東谷抄造に対しての人々のイメージである。昔は結婚していたそうだが妻に先立たれ、今は独り身だという。

「しかし伊東谷さん――今度のあの男はなんです？　なんだか胡散臭い奴だけど、あれが新しい商売の相手ですか？」

作業を終えたカードを返しながら、板前が少し顔をしかめて言ってきた。

「はい。なかなかに順調なのですよ、今回は」

伊東谷はサインしながら穏やかな口調で言った。

「大丈夫かい？　また騙《だま》されているんじゃないだろうね。こないだの発明家は危なかったんでしょう？　あやうく詐欺《さぎ》罪に問われるとこだって聞きましたよ――伊東谷さんがうまくやらなきゃあ、楢崎の家は今頃犯罪者になって――」

ぺらぺらと調子に乗って喋っていたら、大将に横から「おいマサ、いい加減にしろ！」と怒られて、板前は首をすくめた。

しかしその間も伊東谷はニコニコしているだけだ。

やがて奥から不二子と柊が姿を見せた。不二子は冷酒が効いたらしくて少しふらふらしている。

「大丈夫ですかい、お嬢さん」

板前が呆れつつも訊くと、彼女は、

「んあ？　あー、全然へーきよ、へーき――」

と言いながらハンドバッグを忘れそうになる。

「そうそう、この店の方こそ大丈夫なの？　さっき建物が軋むような音がしたけど」

「へ？　やだなあお嬢さん。そんな音はしませんでしたよ。変なこと言わないでくださいよ」

「いや、確かにしたのよ――こっちの部屋だけにしか聞こえなかったとでもいうの？」

さらに言いつのろうとする不二子を伊東谷がかるく押すようにして、自然に外に導いていった。柊は既に外に出ている。

「それでは皆様、ご馳走《ちそう》様でした」

「ああ、またどうぞ」

伊東谷はそのまま自家用車に彼女を運んだ。もちろん運転するのは伊東谷だ。だから彼は寿司屋で酒を呑んでいない。

しかし、柊の方も不二子と同じくらい酒を呑んでいるはずなのだが、まったく顔色が変わっていない。

「柊くん――でしたね。あなたはどうしますか。住まいはどちらです。送りましょうか？」

伊東谷が彼に訊いたが、柊は、

「いや……配慮は無用だ」

と素っ気なく答えた。

「――そうですか。では、お休みなさい」

伊東谷は肩をすくめた。そして車のドアを開けて自分も乗り込もうとしたとき、柊が唐突に、

「――〝ひとりになることを恐れて焦ると、ひとりになったとき、致命的になる〟――」

と言った。

「は？」

その奇妙な言葉に、伊東谷は彼に顔を向けた。

「それはジンクスですか？　私の？　どういう意味ですか」

この質問には答えず、柊は、

「――気を、つけることだな……」

と呟くと、彼に背を向けてその場から歩み去っていった。

「………」

伊東谷は少しの間その後ろ姿を見送っていたが、すぐに車の運転席に着いた。発車させて、家路に就く。

「あー？　オキシジエンはどーしたの？」

だいぶ経ってから、後部席の不二子がぼんやりと言った。

「柊くんはお帰りになりましたよ」

「あー、そー……って、あいつ何処《どこ》に帰るんだろ。住所は聞いてるけど、行ったことしないわね――」

ぶつぶつ言いながら、それが途中で寝息に変わっていく。眠ってしまった。

そんな彼女の様子をバックミラーで確認して、伊東谷は囁くように言った。

「彼は、家になど住んでいませんよ——あの住所には、取り壊し予定の潰《つぶ》れた病院の建物があるだけです」

もちろん、彼は不二子に知らせずにそれくらいのことは確認済みである。

「そして、彼はどうやら例の〝システム〟の中でも特別な存在らしい——あまり周囲を嗅ぎ回ると危険なようです」

執事の口元には、相変わらずの微笑みが浮いている。

彼が運転している、その車には奇妙なことがひとつあった。安全運転なのは別におかしくはないのだが、その前後の車も、法定速度をきっちりと守っている安全運転なのだ。しかも、それは地上から見ていては絶対に気がつかないことであったが——彼の前後にある車の車間距離は、センチ単位でぴったり一致しているのだった。そしてその横の車線には、なぜか車が絶対に来ない——必ず、その前か後ろで車を走らせて、彼の横を決して通過しようとしないのだった。

彼の車の、その安全を守るため近くに寄ることを禁じられている——そんな感じであった。

伊東谷抄造、彼はこの奇妙な現象のことを〝ジェイム・フェイス〟と自ら名付けて、呼んでいる——。

「しかし、この歳になってから誘惑されるとは思いませんでしたよ——オキシジェンくんでしたか、真の能力がどんなものか見当も付きませんが、しかし——あの彼を倒して、入れ替わることができれば、あるいは世界の支配者の地位が転がり込んでくるかも知れないのですからね——どうしたものでしょうかね、お嬢様?」

彼は後部席の主に向かって訊ねた。しかし返ってきたのは、

「うーん……もうどーにでもして……いっつも間違いないんだから……」

と、意志の欠落した明らかな寝言であった。

「……頼りに、してんだからさあ……もう」

これに伊東谷は静かに微笑んで、

「はい、お嬢様」

と囁くように言った。

*

——びきっ、

とひび割れるような音が、人通りのほとんどない道に響いた。

「…………」

そこを歩いているのは、不二子たちと別れてきたばかりの柊ただ一人である。

「……やはり、あまり時間は残されていないな……」

彼は呟くと、自分の手のひらに眼を落とした。

そこには、手相と言うにはあまりにも深く、そして長い亀裂《きれつ》がふたつ、十字を描いて裂けていた。

「限界が、近い……早く〝次〟を見つけなれば……」

感触からしておそらくもう〝候補〟はジンクス・ショップの周辺に揃っているだろう。後は、落とされていくだけだ。

彼は夜空を見上げた。曇っていて、月も星もまったく見えない、灰色の闇が広がっていた。

そこに何を見ているのか、柊は吸い込まれるような暗黒に向かってぼそぼそと囁くように、言う。

「最後に残るのは、たったひとりだけ……」

2.

世帯主が事故で急死したため、仲村家では葬式がしめやかに行われていた。

「…………」

弔問客《ちょうもん》が大勢訪れる中、少し離れたところからその様子を観察している灰色の服を着た男の姿があった。

カレイドスコープである。

サングラスの奥で、彼の金銀妖眼《ヘテロクロミア》は、焼香客が訪れやすいように庭から筒抜けになっている仏壇の前でうなだれて座っている仲村紀美香の姿を捉えている。

(あの慎重で冷静な少女は自分のことを〝ギミー・シェルター〟と呼んでいたが——保護者である父親を失って、そうそう安全地帯に籠もっているわけにも行かなくなったな)

彼が調べたところ、父親の死は偶然の事故であり、そこに何者かの作為はないようだ。しかし彼の主であるオキシジェンが手を下さなかったかどうかは彼には確認のしようがないことだった。そうだったとしても別に驚かないが、しかしそうする意味はないだろうから、父親は本当に、たまたま死んだのだろうと思われる。

(運命が、どこかに彼女を導きつつあるのかな——それは、あまり穏やかなものではなさそうだが)

彼がそう考えたとき、紀美香が顔を上げた。その視線は、カレイドスコープのそれと重なる。

カレイドスコープも、あえて避けない。向こうも彼のことに気づいたようで、その眉がややひそめられた形になった。

（私のことを怪しい奴と思っているんだろうが——）

それはその通りであり、特に修正の要をカレイドスコープは認めなかった。

（——やはり、来ているな）

紀美香の方も、その妖眼の男を見つめながら心の中で呟いていた。

（いくら調べても、あいつと、あのショップの柊という男の素性は摑めなかった——しかし、それは向こうだって同じはずだ。私の正体までは摑んでいない。でなければ、わざわざ私を観察しに来る必要はないものね）

彼女の横に座っている弟は、さっきからずっと鼻をすすり続けている。泣いているのは、別に彼女に操作されているからではない。それはもう解除されている。

紀美香の能力、ギミー・シェルターができることは、人の心の中に〝壁〟を作って、あることをそいつの認識から隠すことである。だから〝父親の死〟というものを隠されていた家族たちはその死体を前にしても全然気がつかなかったし——あろうことかその父親自身も死ぬ寸前のところで〝自分の死〟というものを隠されたために、ずっと〝死にかけ〟のところで固定されていたのだ。

だいぶ前から、彼女は小遣いを無関係の他人から拝借することにしている。何の苦労もない。ちょっと相手の頭に触れるだけだ。指の間に挟んでおいた彼女の髪の毛が相手の頭部の、隠したいものを示す箇所に食い込んで、あっという間に完了する。

彼女がその気になれば、人の喉笛を掻き切ることも相手から全然抵抗されることなく簡単にできる。意味がないからそんなことはしないが。

しかし、もしも彼女が本気になって、世界中の何もかもを支配したいという気になれば、いくらでもその方法はある。仲村紀美香とは、そういう存在なのだった。

いつ頃からこの能力があったのか、彼女自身もよく覚えていない。確かに、なんの能力もなく、普通の人間と同じような感じで生きていたときもあったはずなのだが、彼女はもうそのころのことをよく思い出せないのだ。あるいは自分に対しても無意識のうちに能力を使っていて、昔の自分のことを隠してしまっている可能性もある。

どうしても隠しておかなければならないような、悲惨な——そんなことを覚えていたらとても正気を保てないような経験が、幼少の頃の彼女にあって、その過去が能力の源泉になっているのかも知れない。

しかし——そんなことは彼女にとってはもうどうでもいいことだ。

個性を活かして、人生をよりよいものにしようと努力する——それだけ取りだしてみれば、普通の人間となんら変わるところのない目標があるだけだ。しかし、その結果が世界にとってどのようなものになるか——それはまだ、彼女自身にさえわからないことだった。

(とりあえず——ジンクス・ショップをなんとかするか)

彼女の内心は、葬式という場で、悲しげな顔をしている少女という外見からは、まったく想像のつかないものだった。

＊

闇取引や裏ルートを使った経済活動をする非合法組織〈パスタイム・パラダイス〉のメンバーたちの間には、少なからぬ動揺が走っていた。

組織を支えていた殺し屋、澄矢雅典が消息を絶ってしまったのだ。澄矢は大金を持ち逃げした裏切り者、田代を追跡していたが、その途中でまったく連絡が取れなくなってしまったのである。田代がどうなったかも不明で、あるいは両者が共謀して逃亡したのではないかという推察もされていたが、しかし、もっと深刻な事態も考えられていたのだ。

「まさか——澄矢はシステムにやられたのではあるまいな?」

幹部の一人がぼそりと呟いた。彼は普段はとある食品製造会社の取締役であり、裏の顔のことは彼の部下さえも知らない。

「田代が我々を売ったと?　しかし、ヤツとてシステムのことなどほとんど知らなかったはずだ。どうやって接触に成功したというんだ?」

この問いに、他の者が答えた。厳《いか》つい身体つきをした男は、本職は警察関係者だった。

「別に、田代が接触手段を見つけ出す必要はなかったのかも知れない――田代の方こそ、見つけられた可能性がある――」

彼がそう言ったとき、幹部たちの顔には一斉に恐怖が浮かんだ。

「で、では――田代も？」

「そう考えるのが自然だろう」

「…………」

皆の上に重苦しい沈黙が落ちた。その緊張に耐えきれなくなり、一人の男が口を滑らした。

「し、しかし――ほんとうに存在しているのか？　そんな〝統和機構〟なんて――」

その言葉に、他の者が一様にぎょっとした顔になった。

「おい！　不用意だぞ」

その単語を耳にするだけで、彼らはまるで呪いを掛けられたような顔になった。

「で、でもそうじゃないか？　そんなに巨大な存在なら、もっと大っぴらになっていてもいいはずだろう？」

このもっともな問いかけに、さっきの警察高官が、

「では、そんなものは存在しないという仮定に立って行動してみるかね？　寺月恭一郎《てらつききょういちろう》の言葉を信じないで」

と静かな口調で言った。

「そ、それは――」

　皆が押し黙ってしまう。

　そう――その単語を彼らがはじめて聞いたのは、彼らの組織の創立メンバーの一人だった男からだった。その男は一代で世界的な企業を興し、巨大な財と権力を手にしたカリスマだった。彼は組織の極秘会合の席上でその名と存在を皆に、冗談混じりに告げたのだ。そして――その一週間後に男は謎の死を遂げた。そしてその後でも男が立てたビルが奇妙な事故を起こしたりと不自然なことが相次ぎ、彼らとしてはそのシステムの便宜上の名称すら忌まわしいものとして認識されていたのだ。

　言葉のない皆に、警察の男はうむ、とうなずいてみせてから、

「澄矢の足跡はまったく不明だが……だが田代の方は、駅前で目撃情報があった。私の部下が聞き込んだものだ」

　と告げた。皆は少し目の色を変えた。

「なんだと？」

「それによると、ヤツはツイン・シティの裏手の方に消えていったという。それが最後だ」

「ツイン・シティの裏……？　あんなところ、何もないだろう」

「ジンクス・ショップという怪しげな店が最近できた。どうやらヤツはそこに立ち寄ったらしい……」

「すると、そこに何かがあると――?」

「少なくとも、何の手掛かりもない訳ではないということだ」

警察の男は自信ありげに言った。その額の生え際が、右側だけやや髪の量が多くなっていることなど、そこにいる誰の目にも留まることはなかった。

3・

ジンクス・ショップの客はどんどん増えてきた。

「だんだん一階で待たせている客の整理がつかなくなってきたわね――」

不二子は少し考え込んで、そして決断した。

「よし、バイトを雇おう。オキシジエンの不思議な力のことは教えなきゃ問題ないでしょ」

店の前に張り紙、というのも考えたが、常連の客が下手に興味津々《しんしん》に来られても困るので、人材派遣会社に頼むことにした。

そして三日後、一人の女の子がショップの事務所に甲高い声を上げながらやってきた。

「おはようございまアす! 小宮山愛って言いまアす! よろしくお願いしまアす!」

やたらに元気なのはいいのだが、この小宮山という娘は少し周囲への配慮というものに欠けているような印象があった。

「あ、ああそう。よろしくね。あなたはおいくつかしら」

「十九です」

「今まで、他のところで受付業務はしたことがあるのかしら？」

「はァい！　そりゃもう、色々とやってますよォ。イベントとか、フリマとか。外国語教室の窓口をやってたこともあります」

自信満々に言う。そのきっぱりぶりは確かにどんな客に対しても物怖《ものお》じしそうにない。

「えーと、基本的にお客様にナンバーカードを配って順番を待ってもらう、その管理をしてもらいたいんだけど」

「ああ、任せてください。そーゆーのは得意ですから！」

「簡単な仕事だけど、お客様に失礼のないようにね。それと――」

不二子は小宮山の指先に目を向けた。

「そんな、真っ赤っ赤な指はどうかと思うわよ」

彼女の指先には、未成年にしてはやけに派手なワインレッドのマニキュアがたっぷり塗られて、てらてらと光っていた。

「えーっ、でもそんなの関係ないじゃないですか。個人の自由でしょう」

小宮山はあからさまに嫌な顔をした。

「いや、あなたは自由でも、お客様が不快になるかも知れないから――」

「お役所じゃあるまいし、そんなこと気にする客はいませんよォ。だいたいここって占いの店でしょお？　逆にお洒落しないとイメージ悪いじゃないですか」

口を尖らせて言う。この娘には、こんなことを言ったらまずいんじゃないか、とか心の中で迷ったり困惑したりするということがあるのかしら、と不二子は自分のことは棚に上げて思った。

「いや別に占いって訳でもないんだけど――まあ、いいわ。でも制服はちゃんと規定のものを着てもらいますからね」

ため息と共にそう言うと、

「はぁい、それはもう任せてください」

と小宮山はまたしてもためらいのない口調で大きくうなずいてみせた。

そこに、柊がふらり、という感じで事務所に入ってきた。彼が来るのはいつも決まって開店の三十分前である。

「ああ、柊、こちら小宮山さん。新しく入ったバイトの子よ」

「よろしくお願いしまアす！」

小宮山は大きな声で挨拶して、握手を求めるように左手を差しだした。しかし柊は彼女の方をちらりとも見ないで、自分の席に着いてしまった。

「あれ？」

小宮山はきょとんとした顔になっている。無視されたのが理解できない、という感じで差し出した左手を自分で見つめたりしている。握手は普通、右手でするものだということをこの娘は知らないらしい。

「さあ、もうすぐ開店だから、着替えて着替えて」

不二子は小宮山を柊から引き離すように彼女の背中を押した。あまり彼に興味を持たれても困るのだ。

「あの人が占い師ですかあ？　なんかあんまりそんな風に見えませんねえ、地味で陰気で」

歯に衣《きぬ》を着せるということを知らないらしい彼女はずけずけと本人も聞こえるような大きな声で言った。

「だから占いじゃないって——あれはただの事務員よ」

不二子は少し焦りつつも、なんとか彼女を更衣室に押し込んだ。

「いいわね、そこに一揃いあるから。着替えたら下に行ってちょうだい」

「はァい」

返事だけはいい小宮山を残して、不二子は柊のところに戻っていった。

「ごめんね、オキシジェン」

「……何が」

「いや、あなたに相談もしないでバイトなんか雇っちゃって。気ィ悪くした？」

不二子の多少弱気な態度に、しかし柊はいつものように、

「……ここは、あんたの店だ。好きにすればいい……」

ぼそぼそと、我関せず、という調子で言うだけだ。

不二子は明らかにほっとした表情になった。

「そ、そう？　でも気に食わなかったらすぐに言ってね。派遣会社に言えばすぐに別の人に変えられるからさ」

この言葉に、柊は素っ気なく、しかし妙に突き放した口調で、

「……これも、運命の一部だろう」

と冷ややかに言った。


「――ふん」

更衣室で一人になった小宮山愛は、さっきまでの明るい表情から一変して、ひどく無愛想な顔つきになっていた。

（あの男――やはりヤツがジンクス・ショップの要《かなめ》のようね。あの女社長はただの飾りだ。くだらねー女だ）

唾《つば》でも吐きかねないような、侮蔑《ぶべつ》に満ちた様子である。

彼女は前から、このジンクス・ショップが気になっていた。噂に聞いて、何か特別なものが

あると感じていたのだ。それでショップが人材派遣会社に依頼したときに、すかさず潜《もぐ》り込んだのである。

しかしヤツに、小指から流れ出ている彼女の血液を付着させることはできなかった。たった一滴、いや指紋の間の溝に入るくらいの小さな一粒でいいのだが、その隙さえなかった。

（まあ、焦ることはない――じっくりチャンスを待つか）

小宮山はショップの制服に着替えながら、口元に邪悪な笑みを浮かべた。

下に降りていくと、不二子が待っていて彼女に色々と指示した。言われるままに、彼女は一階窓口に座って、整理券を来た人間に配るという仕事を始めた。

開店してすぐに客が来た。しかも続々と来る。

「いらっしゃいませ！　ジンクス・ショップにようこそ！」

などとまったく誠意というものの こもっていない挨拶を連発し、整理券を片っ端から手渡ししながら、小宮山は、

（こりゃ楽でいいわ。ティッシュ配りよりも遙かに簡単に大勢の人と接触できる）

と心の中でほくそ笑んでいた。

客の誰一人として気がつかなかったが、彼女の手がカードを渡すとき、さっ、とその左手小指の先が、その爪が見えないほどにかすかな傷を相手の皮膚に付けていた。そして、飛沫《ひまつ》というにもささやかな血液の雫《しずく》が、そこに染み込んでいく。

そして、これも誰も気がつかないことであったが――彼らが整理券をもらうと、ごくわずかだが、確かに――その表情が若干、弱々しいものになっていくのだった。自信がなくなっている、そんな感じであった。

では、その自信は一体どこに行っているのだろうか？

「いらっしゃいませ！　こちらの整理券をどうぞ！」

という明るい声ばかりが、待合いスペースに響いていく。

そうやって時間が経っていき、やがて店内に、あまりその場に似つかわしくない厳つい身体に安物のスーツを着た男たちが群れをなして入ってきた。ヤクザのようだが、それにしては妙に秩序だった雰囲気がある。

それは〈パスタイム・パラダイス〉の構成員であった。

「…………」

小宮山はそいつらを見て一目で〝ろくでもない連中〟だとわかった。どうにかするのは簡単だ。しかし――ここで変に目立つわけにもいかない。

連中は受付の所にも来ないで、店内をじろじろ見回している。他の客たちは彼らから身を引いて縮こまっている。

「お客様、どのようなご用件でしょうか？」

小宮山はおずおず、と言った調子で訊いてみた。

彼らは他の客たちをやや乱暴に、押しのけるようにして受付の所にやってきた。そして、

「ああ——こういう者だが、この男を見かけなかったかね?」

と黒い手帳と写真を出して見せた。本物の警察手帳である。写真は無論、殺された出代のものだ。

小宮山は写真を受け取り、一通り眺めてから、

「いえ——」

首を横に振りながら、小宮山は写真をその刑事の手に返した。

嘘をつくまでもなく、彼女はそんな奴のことは知らない。

「この店に入ったところを見た人がいるんだがね」

「何の捜査ですか?」

「それはちょっと言えないんだが——本当に見たことがないのか?」

「あたし、今日入ったばかりですし」

「それでは責任者の方を呼んでいただけないかな」

事情を知らぬ小宮山にも、こいつらの目的が情報収集というよりも嫌がらせであることはわかっていた。何をしたところで、どうせごねて居座り、客たちにこの店の悪評を広めさせるのが目的なのだ。こういうときは慌《あわ》ててはいけない。

(一応、仕事の方も真面目にやってみせなきゃならないもんね)

小宮山は落ち着き払った口調で、

「今は、業務中ですので——他のお客様のご迷惑にもなりますし」

とやんわり否定した。後ろ暗いところはない、ということを態度で示した。

む、と連中の顔が少し強張った。

そのとき上から、いつまで経っても次の客が来ないので不審に思った不二子が降りてきた。

「どうしたの？」

彼女は乱入者たちを見て、少し顔を強張らせた。

「あんたが責任者か？」

小宮山を無視して、彼らは不二子の方に向き直った。

「ええ、そうですけど——何か？」

「この男に見覚えはないか？」

と、彼らが訊こうとしたとき、不二子の後ろからぬっ、と音もなく柊が顔を出した。

別に彼は、何をしたわけでもない——特に鋭い視線を連中に向けたわけでもない。だが、柊が出てきた途端、彼らは一斉に、我知らず一歩ずつ後ずさっていた。

「——うっ」

呻いた者もいる。彼らは普通の人間よりも危険というものに敏感でなければならない職業に就いている。その訓練された感覚に、ひどくピリピリ来るような何かが、彼らを捉えていたのだ。

柊は不二子を押しのけるようにして、前に出てきた。

無言で、連中が呈示した写真をぴっ、と取り上げて目の前にかざした。

「——こいつなら、知っている」

ぼそりと呟いた。

「なに？　本当か？」

「前に店に来た。一度だけだ。二度は来ていない——」

柊は妙に素直に、男たちの質問に答えた。

「そ、それはいつ頃だ？」

この質問に、柊は少し沈黙し、やがて囁くように、

「あんたたちが知っている通りの、その時間だ——」

と突き放すように言った。

「そ、その後で誰かが来なかったか？　若い目つきの鋭い感じの男とか——」

「いいや……店には入ってこなかった」

柊の否定は、よく聞けば知らないとも見てないとも言っていないことに、注意深ければ気づけただろう。しかし連中はひどく落ち着きをなくしていて、そのことには気が回らなかった。

「そ、そうか——協力、感謝する」

横柄な口調で言い捨て、男たちは少し早足でショップから出ていった。

「………」

柊はそれを冷ややかに見つめている。

その柊を、背後から小宮山が同じように冷徹な視線で観察している。

（……能力を使ったのか？　使わなかったのか？　なんとも言えないな……？）

ショップ関係者で焦っているのは、不二子だけだった。

「な、なんだったの？　今のは──」

「ただの聞き込みだったみたいですよ。店とは無関係でしょう」

小宮山が気軽な口調で言った。

「そ、そうなの？　いや──そうよね」

不二子はうなずいて、それからあわてて茫然としている客たちに向かって、

「す、すみませんでした皆様。すぐにサービスを再開いたしますので」

と手を左右に広げながら言った。

柊は、さっさと上の階に戻ってしまっている。

不二子と小宮山は少しざわついている客をなんとかなだめて業務を再開した。

4.

ショップから出てきた〈パスタイム・パラダイス〉の男たちは裏通りの方に揃って戻ってきた。辺りに人影はない。

彼らは、何と言うこともなくその場に立ち停まった。

そして、そのままぴたりと停止して動かなくなる。

ただ立っているのではなく、まったく微動だにしない。瞬《まばた》きひとつしない。

その彼らの背後に一人の制服姿の女子高生が現れた。

〝ギミー・シェルター〟の仲村紀美香である。

「――ふん」

彼女は、自分のコントロール下にある者たちを見回して、不機嫌そうに鼻を鳴らした。

「ちゃんと〝仕込んで〟来れたんでしょうね。ずいぶん早く出てきたみたいだけど――」

彼女は男たちの手をつまみ上げて、その指先を確認した。

その爪と皮膚の間には、何本かの髪の毛が挟まっていた。その本数を確認して、紀美香はうなずいた。

「――よし。では少し待っていればいいわね」

彼女は男の一人からスーツを剝ぎ取って、側に置かれていたベンチに敷いて腰を下ろした。そして数分後、通りに女性が一人ふらふらと現れた。さっきジンクス・ショップに来ていた客の一人だった。

彼女は突っ立っている男たちの間をぼーっとした顔で歩いてきて、紀美香の前で立ち停まった。

紀美香が指を振りながら映画監督のように、

「——作動《アクション》」

と言うと、彼女の口が機械のように開いて、言葉が録音のように滑り出てきた。

「〝金色のヘアピンを見えないところに差しておくと、意外な出会いが待っているかも——〟」

そして、胸元のポケットに入れていたカードをすっ、と紀美香に差し出した。

その表面には、何も書いていなかった。

紀美香はそれを見て「……なるほど」と呟いた。

この前ショップで買った自分のカードを出して見る。そこにも字はまったく書かれていない。字はいずれ消える、という話を聞いていたが、今——店から出てきたばかりでジンクスとやらを試した訳でもない客のカードでも、もう字が消えているということがあり得るだろうか。他人の眼に触れると消える、というようなまじないめいた注意事項が、本当に実現するということは——

（やはり、最初から何も書かれていなかった訳ね――）

その人間の認識の中にしか、その文字は存在していなかったと考えるのが自然だ。カードには特殊インクとかいうヤツの跡も何も残されていない。

（催眠術のようなものか？　暗示を掛けて、いかにもジンクスが実現したような気にさせるといったような――いやいや）

そんなに簡単なものとは思えない。内容によっては自分では不可能なものだってあるはずだ。

いずれにせよ、うかつに自分自身が近づくのは危険だった。この、彼女の制圧下にある者たちを使って工作を続けるのが安全だろう。

彼女の、危険に対する鋭敏な勘が告げている――嵐の予感がある。自分の周辺へと、確実に――世界の敵を滅ぼす〝敵〟が近づいてきている。

（さて――どういう風に仕掛けようかな？　ジンクス・ショップには悪いが……ま、この世からなくなってもらうしかないでしょうねえ――）

彼女はニヤリとして、ペンを取りだし、そして立ったままの女性のカードに、なにやら文字を書き込み始めた。

第五節
金色ピン、視線恐怖

1．

ぼーっとしていることが多いので、ＯＬ生活一年目の吉永乃美《よしながのみ》はいつも自分に「しっかりしなきゃ」と言い聞かせている。

今日も朝、出てくるときに母親から「あんたはホントに抜けてんだから、注意しなきゃ駄目よ」と言われたばかりなのだ。

しかし、最近はすっかり安心している。というのもジンクス・ショップという良いものを見つけたからだ。

（ジンクスを守ろうと思えば、自然と気が引きっぱなしになるというものよね）

気を引き締める、という言い回しを彼女は間違えて覚えているのだった。何度も人前で使っているのだが、いつもボケているため誰も指摘してくれないのである。

というわけで今日も、彼女はショップに行って新しいジンクスをもらってきた。

もらうときにも一度読むのだが、すぐその場で覚えるのは難しいので、彼女はいつも帰り道に復習することにしている。

「えーと――」

と胸元のポケットにいれたカードを取り出そうとして、そこでちょっと意識が飛んだ。

はっ、と我に返ったとき、彼女は何故かツイン・シティに面した裏通りにぽつん、と立っていた。

「……あれ？」

彼女は周囲を見回した。すると後ろに、さっきショップに入ってきて事情聴取していった警察の人たちが揃っていて、ちょっとびっくりした。

あわてて、小走りにその場から離れる。別に後ろ暗いところはないのだが、ちょっとおっかないと思ったのだ。

人が大勢いるところまで出てきて、彼女はほっと一息ついた。

「あー、びっくりした……」

彼女は自分が何をしようとしていたのか、思いだそうとした。何かの途中で、またしてもぼーっとしてしまって、ふらふらしているから裏通りに出てしまったのだ。

「えーっと——ああ、そうそう、カードだわ」

ジンクス・ショップでもらったカードを再確認しようとしていたのだった。

いつも入れているポケットに右手を伸ばす。しかし、そこは空っぽだった。

「あれ？」

彼女はあわてた。落としてしまったのだろうか？　しかしどこで——と下に視線を落として、
彼女の眼が丸くなった。

カードはもう、左手の中にあったのだ。

「——あー、そうか、さっき見ようと思って、もう手に取ってたんだ……」

走っている間も、ずっと持ったままだったのだ。彼女はまた、ちょっと反省した。

「いけないいけない——ぼーっとしてるからこんなことになるのよね。うん、気をつけなきゃ」

彼女はまた一息入れて、そしてカードにあらためて視線を向けた。

そこにはいつもの書体で、

〝暗いところから日なたに出るとき、少しジャンプすると面白いことが起こる〟

と書かれていた。しかしその書面を見て、彼女は、あれ、と思った。

(なんか——違うような)

特に根拠もなく、そんな気がした。しかし、では前に見たときの文章はどうだったのかと言われても、全然思い出せなかったのだが。

「——ぼーっとしてるから、かな……?」

彼女は頭を少し振って、変な違和感を追い払った。

日なたと言われても、もう夕方である。このジンクスを試すのは明日にしなければならない。

乃美はそのまま、家に帰った。その日はなんだかいつも以上に頭がぼーっとしていて、夕食の時も母親から「ちょっと、あんた具合悪いんじゃない?」と聞かれるほどだった。

「あ？　ああ――別になんでもないけど」

「そう？　それならいいけど――風邪気味なんじゃないの。明日は会社、お休みしたら？」

「そういうわけにはいかないのよ。社会人なんだから」

彼女がそう言うと、晩酌《ばんしゃく》していた父親が笑った。

「乃美の口から社会人なんて言葉が出るとは思わなかったな」

「なによお、ちゃんと仕事してますからね」

ムキになって言い返してしまう。こういうところが子供っぽいままなのだが、彼女自身には自覚はない。

「無理して身体壊したりしたら、元も子もありませんからね」

母親はまだ心配している。

「大丈夫だって」

乃美は少し口を尖らせながら言った。

しかしその母親の言葉が頭に残っていたのか、疲れていたのか、その日はいつもよりも早めにベッドに横になって、ぐっすりと眠った。

翌朝、いつもならぐずぐずと起きられない彼女が、どういうわけか妙にぱっちりと目が覚めた。

「……変ね？」

彼女はまた、妙な違和感を感じた。起きられたのに変もないものだが、なんだかそんな気がしてならないのだ。

それでも身体の具合が悪いというわけでもないので、仕方なく起きて、いつものように出勤した。

駅のホームで、他の出勤客に混じって並ぶ。

このときばかりは電車が来るまで、ぼーっとして待っているしかない時間だ。いくら注意しようと思ったって、気をつけることなんか何もない。

『まもなく特急列車がまいります。この列車は当駅には停車いたしません。白線の内側に下がって――』

お馴染みのアナウンスがホームに響く。

（あ、そうだ）

彼女はふと思い出して、昨日のジンクス・ショップのカードを出してみた。何が書いてあったか、半分忘れていたのだ。

彼女がポケットに手を伸ばして、カードを取りだしたそのとき、向かい側のホームに立っている一人の女子高生の姿が目に入った。別に普通の女の子で、大勢いる電車待ちの客たちの中に完全に紛れている。しかしどういうわけか、乃美はその少女に目が行った。

少女は、乃美の方を見ていた。彼女は知るはずもないことだったが、それは仲村紀美香

――ギミー・シェルターだった。

紀美香は乃美に向かって、手のひらを奇妙な角度で向けて、そしてひねった。それはまるで〝ノブをひねって扉を開ける〟というような動作だった。

その瞬間、乃美の身体はがくん、と痙攣《けいれん》したように跳ねて、そして――ホームから外に飛び出していた。

〝影から、日なたに出るとき、ちょっとジャンプすると――〟

その動作を、機械のように正確に実行していた。

ひえっ、という誰のものかわからない悲鳴が周囲に響いた。電車は今まさに、ホームに入って来ようとしていたのだ。

しかし、乃美には事態がまったく把握できなかった。

〝あ――〟

彼女はそのとき、飛び出してしまった先の線路も、横から迫ってくる電車も、向こう側に立っていた少女も、この場に関連するその他のすべても見ていなかった。

彼女が見ていたのは、たったひとつのものだけ――この場に全然無関係としか思えない、ホームの上の屋根の上に伸びている、奇妙な筒のような形をした影だった。

その影は、顔にあたる部分が妙に白っぽくて、黒いルージュが引かれているところに不思議な表情を浮かべていた。呆れているような、笑っているような、左右非対称の喩《たと》えようのない表情だった。

〃——ぼーっとしてるから、そんなことになるんだよ……〃

その影が、そんなことを言ったような気がした。そして次の瞬間、彼女の身体はいきなり空中に出現した見えない糸に、ぴん、と引っ張られるようにして、隣の線路のところまで移動して行った。

その横を、ものすごい勢いで特急列車が通過していく。

「………」

彼女は線路に、ぺたり、とへたりこんだまま動けない。

厳しい顔をした駅員たちがすっ飛んできて、彼女を強引にホームに引き上げた。

「何やってんだ、あんた！」

もの凄《すご》い形相《ぎょうそう》で怒鳴りつけられた。

「え？　ええ？」

彼女は今一つ事態が把握できず、周囲をきょろきょろと見回した。

さっきの少女の姿はどこにもない。そして——ホームの屋根の上に見えたような気がした、あの奇妙な影もどこにもない。

「あ、あれ……？」

駅員が、彼女の手にあるカードに気がついて、無理矢理取り上げた。その中身を読んで、彼らは呆れ果てるしかなかった。

「なんだこりゃ——あんた、日なたに出ようとしてホームから落ちたのか？」

周囲ではざわざわと人々が騒ぎ出している。

「え？　ええ？　い、いや——その」

乃美はもう、茫然とするしかなかった。

＊

（——死んだ方が効果が高かったんだが……まあ、これでよしとするか）

仲村紀美香は、騒ぎになっているホームの上で、他の人間に紛れて様子をうかがっていた。

（これで、ジンクス・ショップに関する悪評が広まるはずだ。ああいう店は噂に弱いからな、致命傷になる——そうなったら、今は隠している連中の真の目的もわかりやすくなるというものね）

彼女はひそかに微笑み、そしてちょっと眉をひそめた。

（しかし——確かに電車の前に飛び込ませたと思ったのに、跳躍が少し不自然に長かったような……？）

彼女は周辺を観察した。しかし、なにか不自然なところはどこにも見当たらない。

「…………」

彼女は、あえてその場からすぐに離れない。もしかすると、今——ここから離れようとする者を観察している何者かがいるかも知れない。それは常識で言うなら考えすぎとしか思えない慎重さだったが、彼女にとって用心深いことはごく当然のことであった。

もしも、今の女を誰かが助けたのだとすれば、それは——

(これは——予想よりも早く、敵同士を噛み合わせることができるかも知れないな)

彼女は心の中でほくそ笑んでいた。

2.

電話が鳴った。

「はい、こちらはジンクス・ショップでございます」

不二子が出ると、向こう側でけたたましい笑い声が響いたかと思うと、

『——この人殺し野郎！』

と大声で怒鳴られ、その途端に電話が切れた。

「え……？」

彼女は茫然とした。あまりに驚いたので相手の番号を確認することさえ忘れてしまった。

開店は十一時半からなので、まだ誰もいない。柊はもちろん、小宮山も来ていない。不二子は掃除の途中だったのだ。家では一切家事をしないお嬢様の彼女だが、仕事場となるとまめに働くのだった。

「……え、えーと……」

受話器を持ったまま立ちつくしていた彼女は、今のはきっと、ただの間違い電話だろうと思って掃除を再開しようとした。

そのとき、がん、という大きな音が辺りに響いた。びくっ、と不二子の身体が強張った。がんがん、と音は連続した。どうやら、それは表の閉まっているシャッターに石を投げつけられている音らしい。

不二子はどう対応していいかわからず、モップを持ったままうろうろした。

投石はすぐにやみ、ふたたび静寂が戻ってきた。それは恐ろしいほどの静けさだった。

「…………」

彼女はしばらく動けなかった。

モップを置き、椅子にへたりこむようにして座ってしまう。

身体に力が入らなくて、なかなか立つことができない。

(……ど、どういうことかしら……?)

なにか、ひどく嫌な感じがした。これまでの人生でも、何度かこういう感じがすることがあった。彼女が投資してやった自称発明家という男が金だけ持ち逃げしたときとか、たくさん作ってしまった空気清浄器が煙を噴く欠陥品であることが後からわかったときとか、両親がそろって事故死したときとか――いつも、こういう感覚があった。ざらざらしたものが全身に入り込んで、ぎりぎりと音を立てて軋むような、ひどく不快な感覚が――。

また電話が鳴った。

彼女はびくっ、と身を震わせたが、しかし出ないわけにもいかない。おそるおそる手を伸ばす。

「――はい、ジンクス・ショップで」

言いかけたところで、向こうからいきなり金切り声で言われた。

『恥ずかしくないんですか、この人でなし！』

そしてぷつっ、と切られてしまう。

不二子の身体が、がたがたと小刻みに震え始めた。

また投石される、がんがん、という音が響き始めた。

＊

（――む）

出勤してきた小宮山愛は、まだ開店していないショップの前に妙な人集《だか》りができているのを見て眉をひそめた。

(なんだ、あれは――?)

人々はなんだか殺気立っていて、とても開店を待つ順番待ちの客には見えない。

何かが起こったのだ――それも、致命的な何かが。

(ちっ――もう少し後で起きてくれればいいものを)

まだ彼女は、ジンクス・ショップに秘められた謎に到達していない。ここでショップに潰れられるのは正直計算外だった。

彼女は物陰に隠れて、様子を観察することにした。

社会的責任をどうするつもりだ、などと怒鳴っている奴等がショップのシャッターをがんがん叩いたりしている。そいつらの罵声《ばせい》を聞いていると、状況はすぐに把握できた。ジンクスを守って、駅のホームから落ちた間抜けがいたらしい。

(ま、予想された事態よね――調子に乗って適当なものを客に配りまくるからよ)

だが、今ショップの前で正義の糾弾とやらをしている連中は、おそらくその客ですらないだろう。無関係の連中が集まっているのだ。小宮山は苦笑した。

(まったく――どいつもこいつも、少しでも弱っているヤツを見つけるとたちまち嗅ぎつけてくる――甘いものに群がる蟻《あり》みたいなものだな、人間っていうのは――)

　小宮山としては、あんな騒ぎの中にのこのこ出ていくほど馬鹿ではない。彼女の目的はあの柊という謎めいた男の〝精神の力〟なのだ。あの騒ぎを見たら、あの男だってもうショップに近寄らないに違いない。

（しかし、あいつをもう一回見つけるにはどうしたらいいか――あきらめるか？）

　彼女は割と簡単にそう思った。決断が早いのが彼女の特長だ。というより――そのために彼女は、自分の能力〈スイッチスタンス〉を使っているのだから。

（そうだな――前にちょっと気になる予備校通いの女子高生がいたしな。標的をあっちに切り替えてもいいかもな）

　彼女は末真和子のことを頭に浮かべた。その名前を小宮山は知らないが、その気になれば居場所を突きとめるぐらいはなんでもない。特殊な能力を持っているらしい柊に興味はあったが、無理に見込みのない探索をしたりするのは彼女の性に合わない。

　彼女はきびすを返して、その場から立ち去ろうとした。

　そのときだった。ショップの方で奇妙なことが起こった。騒ぎがさらに大きくなったのではない――その逆だった。

　急に、しん、とすべての騒ぎ声がおさまり、静かになってしまったのだ。

（――ん？）

　振り返った小宮山の、その目に驚愕が浮かぶ。

道に、一人の男が立っていた。その男の周りだけ、人々はまるで見えない壁に遮《さえぎ》られているかのように近寄らない。そして、誰もが無言になってしまっていた。

柊――オキシジェンである。

彼は、周囲の人々などまったく意に介さないように、ゆっくりとした動作でショップの方に歩いていき、そして裏口の方から中に入っていった。

誰も、彼を追いかけて糾弾しようとしなかった。そんなことは思いも寄らない、という感じで、茫然とした顔で彼が消えるのを見守るだけだった。

そしてそれは、物陰の小宮山も同様だった。

(――な、なんだあいつ――事態がわかっていないのか？　なんで、あんなに堂々としていられるんだ？　あの自信は何だ？　あれじゃあ、まるで――)

その言葉はさすがに、脳裡にさえ明確な形を成さなかった。あまりにも馬鹿馬鹿しい喩《たと》えだったからだ。

全世界の支配者《キング・オブ・ザ・ワールド》のようだ、などと――。

3・

がたん、とドアが開く音がしたので、不二子はびくっと顔を上げた。

そこにはオキシジエンが無表情に立っていた。

「………」

両耳を押さえて床の上にへたりこんでいた不二子は彼の姿を見て、くしゃくしゃと泣きそうな顔になった。

「ああ——オキシジエン——」

彼女はふらふらと立ち上がった。

「なんか、変なことに——なんでこんな——こんな……」

言葉を出そうとするのだが、何を言っていいのかわからないために、すぐに詰まってしまった。

そんな彼女を、オキシジエンは冷ややかとも言える、感情のない眼で見おろしている。

少しの時間を置いて、彼は口を開いた。

「……運命が、切れたようだ」

「え？」

「今までは、いくつかの可能性が同時に存在していた……だが、それは今——すべて絶たれた」

「な、何を言っているの……？」

不二子の疑問に、オキシジエンは答えようとしなかった。ふい、と視線を上に向けて、

「どこかで、誰かが失敗したようだ……やってはいけないことに手を出した……もう、このジンクス・ショップに、未来へ繋《つな》がる糸はない」

と、何もない空間に目をやりながら言った。

その視線には確かに、何かを捉えている。だがその先には何もないようにしか見えない。

彼は何を視《み》ているのか？　いや――そもそも最初から、彼は何を視ていたのだろうか？

何を思って、楢崎不二子に協力していたのか――それは余人には計り知れないことだったが、しかしはっきりしていることがひとつあった。それが不二子にはわかった。

終わったのだ。

オキシジエンにはもう、これ以上この場所にいて何かを探す理由がなくなってしまったのだ。

「お、オキシジエン――あなたは――」

彼女が思わず身を引きかけたところで、裏口の呼び鈴が鳴った。さっきからずっと鳴っていたのだが、オキシジエンが入ってきてからは止んでいたのが、それが再開した。

茫然としたままの不二子を無視して、オキシジエンがそれに応じた。

「――ジンクス・ショップだ」

『警察の者ですが、ちょっとお話を伺いたいのですが』

慇懃《いんぎん》無礼な、厳しい口調の声が響いた。

オキシジエンは返事をせずに、それを切った。

そして、入り口の方に向かって歩いていく。

「ち、ちょっと——オキシジェン？」

困惑する不二子をよそに、オキシジェンは下の階に行き、外に通じるシャッターをためらいなく開けてしまった。

外には制服を着た警官と、その向こうには大勢の野次馬がいる。

「あんたはここの店員か？」

警官はオキシジェンを無遠慮な目でじろじろと観察しながら言った。

「そうだ」

彼は即答した。

「ここは得体の知れないカードを配っているという通報があったんだが——それは誰が書いていたんだ？」

「僕だ」

彼はまたしても即答した。

「それは、何に基づいて作っているんだね？」

この問いに、彼はまったく表情を変えずに、言った。

「相手の弱味だ」

周りの人間は、一瞬そのあけすけすぎる答えに意味が取れなかった。

「……なんだって？」

訊き返されたが、しかしオキシジェンはもう答えなかった。

無言の彼に、警官が詰問《きつもん》口調で、

「……おまえ、身分証はあるか？」

と訊いてきた。オキシジェンはこれにも答えなかった。

「おまえ――もしかして外国人じゃないのか？」

オキシジェンの、特徴らしい特徴のない、何人《なんぴと》ともいえない顔つきを見て、さらにそう訊いてきた。

「――」

オキシジェンは返事をしない。

「おい、おまえ不法滞在者じゃないのか？」

警官の一人が、やや乱暴な調子で肩を摑んできた。態度に、あきらかに遠慮がなくなっていた。

これに、後ろの野次馬のひとりがぴくり、と身体を動かしかけた。グレイのスーツを着て、サングラスを掛けた長髪の男だった。

オキシジェンはその男――カレイドスコープに素早く目配せした。それはおそらく、

〝かまうな、問題ない〟

とでもいうような意味だったのだろう。カレイドスコープはわずかにうなずいて、身を引いた。

「――――」

そして不二子は、訳のわからないままにこの事態を二階のカーテンを閉めた窓の隙間から見ていたが、やがてオキシジエンが警官たちに囲まれて、手錠こそされないものの、どこかに連行されていくのを見て、外に向かって出て行きそうになった――が、

（う、うう――）

それ以上、足が前に出なかった。

恐怖があった。警察が怖いとか、野次馬たちが怖いとか、そういうのではなかった――彼女はそのとき、何もかもが急に、恐ろしくて仕方がなくなってしまったのだった。

理由も根拠も、彼女にはわからない。だが、見えない鎖が彼女を縛り上げてしまったかのように、不二子はその場から一歩も動けなくなってしまったのだった。

〝運命が切れた〟

さっきのオキシジエンの、冷ややかな言葉が脳裡に甦《よみがえ》っていた。

逆境なら抗うこともできるだろう、不運なら努力次第でどうにかなるかも知れない。しかし

——切れてしまった運命には、どうすればいいというのだろうか？

（ううう……！）

彼女はまた、ぶるぶる震えながらその場に崩れ落ちた。

彼女の耳元に、歌が聞こえてきた。幻聴だった。それはかつて、彼女が一緒に店をやろうとオキシジエンを必死で口説いていたときに即興でつくった歌だった。

〝ジンクス・ショップへようこそ〟

〝あなたのための、あなただけの運命——〟

幻聴は、やがて実際の音に変わっていた。彼女はぶつぶつと知らないうちに自分で歌っていた。何度も何度も、同じフレーズを壊れたレコードのように繰り返していた。

彼女は今、ある事実を思い知らされていたのだった。運命というものは、予測しようが計算しようが——そんな人間の浅慮《せんりよ》になどお構いなく高波のように押し寄せてきて、そして——流れの中で以前と同じところに残れる者はほとんどいない、ということを。

4.

「…………」

吉永乃美は、ぼーっ、としてその建物を見上げていた。

ツイン・シティの裏手にある、そのこぢんまりとして目立たない建物は、つい昨日までは大勢の人がやってきては、胸をどきどきさせて配られるカードの中身に一喜一憂していたものだった。

しかし今は、人影ひとつなく、物音ひとつしないで静まり返っている。

「…………」

ジンクス・ショップの入り口は固く閉ざされ、中に誰もいないのは明らかだった。乃美は、そのシャッターの表面をなぞってみた。降ろしっ放しで陽が当たり続けていたため、妙に生暖かった。

「……なんでかなあ」

彼女はぽつり、と呟いた。なんでこんなことになってしまったのか、彼女にはさっぱりわからない。

彼女はこの店が大好きだったのに、その店があまりにも唐突に消えてしまうなんて――しかもどうやら、それは自分のせいらしいのだ。

あの、ホームから落ちた後で彼女は駅員とか警察の人とかにさんざん怒られた。会社に行ったらもう話が伝わっていて、無理矢理に有休を取らされた。家に帰っても親に怒られ、拠り所を失った彼女はすっかり、ぼーっとするしかない状態に逆戻りしてしまった。

　自分のちょっとした行動が、こんなことにつながってしまうなんて、彼女にはまったく理解できないことだった。それまでは、自分はどこにでもいるどうでもいい人間だとばかり思っていたのに、この影響力の大きさは何事であろうか。

「――でも、おかしいなあ……」

　彼女はシャッターを撫《な》で回しながら、小さく呟いた。ホームから落ちるとき、どうして自分が足を踏み出したのか、まったく思い出せない。それに――

「どうして、他の人が見たのに、カードの文字が消えなかったんだろう……」

　実は彼女は、前にも友人にカードを間違って見せてしまったことがあったのだ。そのときは完全に字が消えてしまい、その友人からは馬鹿みたいと笑われたのだが、彼女はますますショップに対する信頼を深めたものだった。

　それなのに、なんで今回に限って字がそのまま残ったのだろう……納得できない彼女が物思いにふけっていた、そのときだった。

「ほう……それはどういう意味ですかな?」

　背後から、いきなり声を掛けられた。びっくりして振り向くと、そこには歳を取った背の高い男の人が立っていた。

　身なりも姿勢もしっかりした、老紳士、という形容詞がぴったりの人だった。

「あ、あなたは……？」

「私は伊東谷と申します。このショップのオーナーであるお方にお仕えさせていただいている執事です」

彼はすらすらと、良く通る声で名乗った。

「お、オーナーの……？」

乃美は少し焦るものを感じて、一歩後ずさったら背がシャッターに当たった。

伊東谷はそんな彼女を、穏やかともいえる眼差しで見つめている。

「失礼ですが、お嬢さん——吉永乃美さんでいらっしゃいますね？　先日、駅のホームから落ちて騒ぎを起こされた——」

言われて、乃美はびくっ、と身体を震わせた。

「いや——あれは、その——」

ずるずる、と彼女は後ろに下がろうとして壁に阻《はば》まれ、横にずれていく。

だが、その動きが、がくん、と唐突に停まる。

「——？」

乃美は横に目をやった。しかし別にそこには何もない。

だが、どういう訳か身体がそれ以上、先に進まない。そこに見えない壁があるかのように、押し止められてびくともしない。

彼女は焦って、反対側にずれる方向を左右逆にした。少しばかりずるずると移動し　そして
——またしても、がくん、と動きが停まる。

（な、なに——これ？）

乃美はパニックになった。左右には逃げられない。そして目の前には、伊東谷が立ちはだかっている。

ほとんど何もないのに、取り囲まれているような感覚が乃美の認識に染み込んできていた。

「あの柊くんはまだ警察に囚われたままだし、お嬢様は心労から寝込んでしまわれた——私は、正直なところジンクス・ショップなどというものの存続には興味がありませんが——しかし何者かが〝攻撃〟しているのは間違いなさそうだ——楢崎家執事の私としては、お嬢様のためにその〝敵〟を排除しなければなりません」

伊東谷の静かな声が、ひたひたと迫ってくるように響く。

「——さて、ひとつ質問したいのですが、よろしいですか？」

「あ、ああ……？」

乃美は、何もされていないのに、まるで両手を摑まれて、はりつけにされているような気がして仕方がなかった。

「よく思い出していただきたいのですが——あなたがショップでお買い求めになったカードと、あなたが駅で提示されたカードは、ほんとうに同一のものだったのですか？」

伊東谷はその場から動くことなく、淡々と訊いてきた。

しかし乃美からすると、この老紳士が自分に向かって、まるで銃か刀といった凶器を突きつけてきているかのような迫力を感じずにはいられなかった。

いや――それは単なる〝迫力〟などというものではなかった。もっとなんというか――具体的で、直接的だった。

乃美は、自分ではまるで気づいていなかったが――ある異常がその身体に顕《あらわ》れ……いや、顕れていなかった。それは誰にでも必ず、ひんぱんに起きるはずの現象が、さっきから全然起きていなかったのだ。

彼女は、伊東谷の姿を見てから一度も瞬きをしていなかったのである。

瞬きというのは、反射運動の一種である。それと意識しなくとも、身体の方が勝手に動いて、眼球の乾燥を防ぐ動作を行っているのだ。その反射が、生じなくなっている――正確に言うなら、伊東谷に気を取られて、忘れさせられている。

これが〝シェイム・フェイス〟と伊東谷が自ら名付けた能力である。

彼の姿をちらとでも見た者は、もう彼の能力の射程圏内に入ってしまう――たとえそれが車のバックミラー越しであろうと、数百メートル先からの双眼鏡であろうと関係ない。彼を見るということが、そのまま攻撃を受けるということに直結するのだ。

その攻撃とは、何物にも喩えることができないが、強いて言うならば〝人の心に〈死角〉を打ち込む能力〟とでも言えばよいだろうか。

彼の能力とは、主体的に相手を操作するものではない。彼を見た相手に、その者の視線を返す、いわば鏡のようなものだ。

彼は、自分の周りに小さな破片のようなものを無数に飛ばしているようなイメージを常に脳裡に浮かべている。その破片で、向けられてきた視線を弾き返してやるのだ。精神エネルギーが半実体化しているといったようなものなのかも知れないが、彼自身がそういうことに興味がないので、深く考えたことはない。

そして、視線を弾き返された相手は彼を見ると、彼を見ている自分を見せられているのにも似た状態に陥るのである。

誰もが観察できているようで、実は決して直視することができないもの——それは自分である。だから彼の能力によって視線を返された者は、どこを見ていいのか、どういう風に行動していいのか一瞬わからなくなり、軽いパニック症状になって、ありもしない壁に跳ね返されるような感覚に陥ったりする——自分の汚点を直視できないことからくる、その現象は要するに、恥ずかしくてたまらなくなるのだ。

そこには理由などない。ただただ、自分が自分であることにいたたまれなくなるのである。

そこに決定的な死角が生まれ、それを老紳士伊東谷抄造は思うままに利用できるのである。

〟シェイム・フェイス〟——それは人間というものが本質的に自意識の虜《とりこ》である以上、対抗手段のない恐るべき能力であった。

「い、いやその――それは……」

その力に圧倒されて、自分自身の視線にがんじがらめにされた乃美は、あうあうと呻いた。

「わ、私は……よくわからなくて――」

「よく思いだしてください――今のあなたは知らなくとも、このショップでカードを受け取ったときの〝あなた〟に訊いてみてくだされば、わかるはずです」

伊東谷は奇妙なことを言った。

「え――」

と口を丸くした乃美は、その表情が一瞬だらん、と弛緩《ちかん》したかと思うと、次に、

「〝金色のヘアピンを見えないところに差しておくと、意外な出会いが待っているかも――〟」

と、いきなり口が勝手に動いて喋った。

ぱっ、と乃美は自分で自分の口を押さえた。なんでそんなことを言ったのか、自分でもさっぱりわからなかったが、しかし――そのことを言ってはいけないような気が、心の奥底からわき上がってきたのである。

「い、今のは……？」

「それは、あなたの純粋な記憶から出た、過去の再現です――あなたがあなたである以上、あなたの記憶にあることを私の前に隠しておくことはできない――そして」

伊東谷は、乃美の頭にゆっくりと手を伸ばしてきた。そしてその髪の毛に軽く手を当てる。するとと乃美の額の辺りにある髪の毛が二、三本ほどびぃん、とバネのように立ち上がってまっすぐになった。

「どうやら、記憶と精神の一部を何者かに操作されているようですね——この髪の毛は、あなたの自意識とは無関係の存在であり、故に私の〝シェイム・フェイス〟と反撥《はんぱつ》しているようだ」

伊東谷はその針金のようになった数本の髪の毛——ギミー・シェルターが彼女に仕込んだ凶器に手を伸ばした。すると静電気のような、ばちばちという音が響いた。

「…………」

乃美の顔から表情が消える。がくがく、と身体が痙攣した。そして、いきなりその腕が跳ね上がって伊東谷の喉元に向かって手刀を繰り出してきた。

ギミー・シェルターによってプログラムされていた自動攻撃だった——その髪の毛に触れようとする者を、問答無用で殺すようにセットされていたのである。

しかし、伊東谷はこれを避けようとしない。

手刀は彼の首に触れるか触れないかというぎりぎりのところで停止した。ぶるぶると痙攣しはじめる。ふたつの異なる作用が同時に乃美の中で拮抗《きっこう》し、相殺されてしまったのだ。

乃美の目に、徐々に焦点が戻っていく。そして同時に、彼女の額に食い込んでいた髪の毛がはらはら、と抜けて下に落ちた。

「――あ、あれ……？」

彼女は脱力して、その場にくたくたと座り込んだ。

頭がひどくくらくらとした。

「大丈夫ですか？」

伊東谷がそんな彼女に、優しい声を掛けてきた。

「…………」

乃美はぼーっとした目で老紳士を見上げた。あれ、と思った。自分は今の今までこの人と話していたのだったが、何を話していたんだろうか――それがふいに思い出せなくなった。

「え、えーと――」

確かこの人はジンクス・ショップの何らかの関係者だったはずだ。それはわかっていた。どんな関係かは思い出せなかったが――それで、色々と訊いてきて――

「――あっ、そういえば」

彼女はふいに思いだした。

「私がショップに行ったときに、警察の人が来たんです。私、その人にちょっと突き飛ばされそうになって――」

すっかり忘れていたが、そういうことが確かにあった。どうして今、突然それを思い出せたのか――今まで何がそれを忘れさせていたのか、もちろん彼女には何一つ自覚できない。

「ほう?」

伊東谷の眼がきらりと光った。

「その人たちの名前はわかりますか?」

「いえ、そこまではちょっと――」

「しかし、顔はわかりますね?」

そう言うと、伊東谷はぱちん、と指を乃美の目の前で鳴らした。その途端、乃美の意識は暗幕に包まれたように真っ暗になった。


……気がついたとき、彼女はバスの座席に座って、窓の外をぼーっと眺めていた。

「……あれ?」

乃美は首をかしげた。私、何をしてたんだっけ――ジンクス・ショップを見に行って、そして誰もいなくて、それで――今はもう、バスに乗っている。

「えーと……?」

一生懸命思いだそうとするが、どうにもはっきりしない。

「なんか――あったような、なかったような――あれ?」

彼女は頭に手をやった。どうにもぼーっとしてしょうがない。

そして首の後ろの方に手を伸ばすと、そこに何か触れるような感触があった。取ってみると、それは金色のヘアピンだった。後ろ髪の中に紛れていたのだ。

そういえば今朝、なんとなく差したような気がする。おまじないだからと思って——しかし、どうしてそんなことを思ったのか——もう彼女には全然思い出せなかった。

第六節
赤い糸、まだらの猫

1.

伊東谷抄造が楢崎家に協力するようになったその最初の動機は、混乱した時代の中で適当に利用する対象のひとつとして使い捨てるためであった。最初はただの書生だったが、もちろん昔からあった彼の能力を以てすれば、他人を出し抜いたり抜け目のない行動をすることは容易《たやす》いので、たちまち彼は執事としてかなりの仕事を任されるようになった。

はじめは、その辺りで財産を乗っ取ってしまい、さらに大きな権力を目指すつもりだった。しかし――楢崎家の名前と権力を使ってあれこれ活動している内に、彼は虚しくなってきてしまったのだ。

人間は、どいつもこいつも彼に視線を跳ね返されて怯むような情けなく頼りない存在ばかりだ。その相手に対して〝支配してやる〟とか〝頭を下げてたまるか〟といったような強い感情を持ちつづけていても意味がないように思えてきて仕方がなくなってしまったのだ。

楢崎の人々は、はっきり言ってお人好しばかりだった。財を成した先代は死んでおり、当時の当主、つまり不二子の祖父は病弱故に戦争にも行かなかったような線の細い男だった。そして彼のところには、そんな楢崎家の財産をかすめ取ろうという小狡《こずる》い連中が大勢やってきた。彼の伊東谷もその一人だったわけだが――いつのまにか、彼は楢崎家の防波堤になっていた。

前では、どんなに狡猾《こうかつ》な悪党でもあっさりと敗北するのだから、楢崎家の人々は、相変わらず呑気なお人好しのままでいられたのだった。

そのうち、彼はだんだんそれが楽しくなってきた——他にやることを見つけられなかったからやっていた楢崎家執事の仕事が、彼にとって生き甲斐のようなものになっていったのだ。

彼には身寄りもなく、守るべきものを持ったことがなかった。その彼が、楢崎家という庇護《ひご》すべき対象を見つけられたのだ。もちろん、彼は決して楢崎家に甘え、依存することがなかった。たとえば家の誰かが「あいつは少し出しゃばりすぎるからやめてもらおう、所詮は家の人間でもないんだし」とか言い出したら、別に大して悲しみを感じることもなく、さっさと見切りを付けて去っていただろう。だが幸いというかなんというか、そんなことは一度も起こらず、楢崎家の人々は息子も娘も、その配偶者たちも、皆が脳天気に伊東谷を頼ってきた。そのうち楢崎家の紹介で見合いもして、結婚もした。夫婦生活は穏やかなもので、妻は結局、彼の能力のことをまるで知らないままに病死した。

楢崎家の人々もほとんど死に絶えて、不二子しか残っていない。

彼に後悔はない。他の人生があったかもとか、もっと有意義な能力の使い方があったはずだ、という意識も薄い。

さっきの娘にも言ったが——彼としてはジンクス・ショップが潰れても、あまり興味はない。

しかし、不二子の害になりそうなものは、これは排除しなければならない。それが、彼を支える行動原理なのだ。

（だから、私は――敵を倒さねばならない）

彼は能力で聞き出した〝ショップにやってきた警察の人間〟というのをたちまち突きとめてしまった。何人かいた中で、実際に娘に触れた者に狙いを絞る。

そいつは正真正銘の本物の刑事で、特に素行不良の気配もない。彼がここ最近に担当した事件の中に、敵の手掛かりが秘められている可能性が高いとみて、彼はそれを辿《たど》り始めた。

刑事というのは一つの事件だけを追いかけているわけではなく、いくつかの事件を同時に担当している。ひとつの事件だけを追いかけるのは効率が悪いからである。張り込みなども交代したら、その後ですぐ別の事件に移ったりする。

当然未解決のものが多く、その中には相当に怪しげなものもあったが、伊東谷は、

（いや――むしろ何でもない事件の方にこそ、鍵がある）

と感じ取った。

自宅で階段から落ちて頭を打って死んだ男の現場検証、工事現場で足を滑らせて落ちて足を折った男の、事故原因の捜査――すぐにケリがついてしまったこの辺に、妙に引っかかるものを感じた。

どちらも、本当に単なる事故として片づいている。階段から落ちた方は当時、他に誰も家に

いなかったことや、頭に当たった花瓶《かびん》の破片などの証拠も充分だった。

工事現場の方も、特に労働条件が過酷だったとか、誰かが上から突き落としたというものでもなく、前日の雨のせいで足場が滑りやすくなっていたから、ということらしい。労災扱いで保険もおりる。

どちらにも当たることにしたが、工事現場の方が近かったので、そちらを先にすることにした。

その前に、携帯電話にリンクさせている情報管理システムで家の方の様子を確認する。エアコンも正常に作動し、ロックもかかっている。そして防犯用の監視カメラの映像を見て、まだ眠ったままの楢崎不二子の姿を確認する。

彼女は昨日は、ひたすらに茫然としていて、譫言《うわごと》を繰り返して一人で歩けないような状態だったので、仕方なく医者に鎮静剤《ちんせい》を打ってもらったのだった。今は薬が効いて、深い眠りに就いている。

(お嬢様——ご安心を。この伊東谷が必ずや、あなたの不安を取り除いてさしあげます)

彼は携帯をしまうと、立ち入り禁止の札が下がっている工事現場の中に入っていった。

そこは、かつては〝スフィア〟と呼ばれていた建築物の跡だ。火事で丸焼けになってしまい、土地の持ち主だった損害保険会社が新しいビルを建てるために骨組みを作り始めたところである。

もう夕暮れであり、今日の作業はすべて終了したようだ。そこには誰もいない。見張りがいたとしても、伊東谷なら簡単にそいつを無力化できる。

「――ふむ」

伊東谷はその骨組みだけのビルを見上げて、問題の事故が起こったという場所を探した。

そのとき――奇妙な音が聞こえてきた。

風に乗って、かすかに聞こえてくるそれは――口笛の響きだった。

（……この曲は？　確かワーグナーの、ニュルンベルクのマイスタージンガー――？）

しかし、普通なら派手できらびやかなフルオーケストラの演奏でしか表現されない、およそ口笛に向いているとは思えない曲だ。なんでそんなものをわざわざ口笛で――一体、誰が？

「…………」

伊東谷は警戒と、腑《ふ》に落ちない気持ちを同時に胸に抱えながら、薄暗い建設現場に入っていった。

周囲に人の気配はない。伊東谷自身の足音ばかりが遠くまで響く。

口笛は、どうやら上の方から聞こえてくるらしい。伊東谷は老人とは思えぬ身軽さで、鉄骨構造の上へ、上へと跳ぶように昇っていく。

そして、ほぼ真ん中の階層まで来たところで、その足が停まった。

「……む？」

口笛の主は、別に隠れるでもなく、平然とその場に立っていた。

全身黒ずくめの、奇妙な格好をしていた。筒のような帽子を被り、筒のように身体をくるむマントを羽織《はお》って、まるで床から影が上に向かって伸びているような錯覚を起こさせるシルエットだった。

顔が異様に白く、唇には暗がりの中でもそれとわかるほどに黒いルージュがひかれていた。

2.

「………」

伊東谷はその変な人影から、少し離れたところに位置した。

黒帽子は、口笛をやめ、ゆっくりとした動作で伊東谷の方を振り向いた。

視線を向けてきた。伊東谷はためらうことなく〝ジェイム・フェイス〟の能力を発動させてその視線を相手に弾き返す。

しかし——いつもの他の人間相手のときと違い、黒帽子の様子には何の異変も顕れない。

からかっているような、とぼけているような、左右非対称の不思議な表情を浮かべて、

「なかなか楽しい能力のようだが——自分自身を跳ね返されて見せられても、ぼくにも何にも見えないんだよ。何しろぼくは自動的で、主体というものが欠落しているからね——」

静かな口調で、囁くように言った。

「――むう」

伊東谷はすぐに、自分の行為の無意味さを悟った。

「これは驚きましたね――今まで、どんなに自信たっぷりの聖人面《づら》をした人間でも、自分の視線を返されて動揺しなかった者はいなかったというのに――あなたは何者ですか？」

彼も、静かな口調で問い返した。

「名前はブギーポップさ」

黒帽子は歌うような口調で名乗った。

「君が、探している相手でないことは確かだね。おそらく――ぼくらは同じものに導かれて、ここに来ているのさ」

その言葉に、伊東谷の眉が寄った。

「何ですって？　それはどういう意味です？」

伊東谷は、実のところこのブギーポップと名乗る怪人物には、能力が通じないにも関わらず、それほど悪感情が湧かなかった――殺気も敵意も向けてこない相手には、彼の方にも敵対する理由はない。

「君は、自分の意志でここに来たと思っているようだが――おそらくそれは違う」

ブギーポップは淡々とした口調で言う。

「ぼくはただ、世界の危機に引き寄せられているだけだが、君の場合は――」

すっ、と伊東谷の横を指さして、そして告げる。

「――罠《わな》に誘い込まれたのさ」

その言葉を聞いて、伊東谷ははっとなって後ろを――ブギーポップが指さした方向を見る。

そこには五人ほどの男たちがいつのまにかいて、こっちに向かって迫ってくるところだった
――プロの殺し屋以上の熟練した動きだった。全員、手には拳銃を握っている。

どこから出現したのか？　少なくとも、下から鉄骨をよじ昇ってきたのでないのは確かだ。

それなら前もってわかる。ということは、こいつらは最初から、鉄骨の影に身を潜めて、完全に気配を絶って――呼吸音すら停めて待機していた、ということにしかならない。

「――ぬっ！」

しかし、伊東谷は怯まない。相手が彼の方をちらと見た瞬間に、能力でその視線を跳ね返す。

殺気を向けてくる相手には、特に有効なのが彼の能力なのだ。

自分自身の殺気を弾き返されて、男たちは精神を粉砕されて皆その場に崩れ落ちた。

「…………」

ブギーポップはその様子を傍観者のように眺めているだけだ。

「なんだ、こいつらは？」

伊東谷は突然現れたその男たちに見覚えがなかった。それはパスタイム・パラダイムの構成

員たちだったのだが、彼の下調べもそこまではまだ及んでいなかった。

「偶然に、この場所に隠れていた訳ではなさそうだね」

ブギーポップの言葉に、伊東谷は憮然《ぶぜん》とした。

「すると——私がここに来ることを知っていて、あらかじめ仮死状態の人間を仕込んでおいたというのか……？」

彼の行動は完全に読まれていたことになる。敵はあの刑事を、痕跡を追いかけられるまで計算済みで、ショップに送り込んできていたのだ。それにまんまと引っかかってしまった。慎重さに欠けていたかも知れない——。

（…………）

彼の脳裡にふとよぎるものがあった。あのオキシジエンが、彼との数少ない会話の中で、妙なことを言っていたのを思い出したのだ。

（——いや、あんなものはただのジンクスだ。それに意味も不明だったし——）

彼が心の中に浮かんだ不安を振り払ったとき、ブギーポップがその場から動かないままで、

「——まだだ。警戒した方がいい」

と言った。

「え？」

と彼が思索から現実に注意を戻したとき、その異変が始まった。

今〝ジェイム・フェイス〟で精神を破壊されたはずの男たちが、ゆっくりと動きだし、立ち上がりだしたのだ。

「――なんだと?!」

伊東谷は自分の眼が信じられなかった。確かに倒したはずなのだ。自分の殺気を弾き返された者は、まず一ケ月は寝たきりになるほどのショックを受けるはずなのである。自分の意識そのもので攻撃される以上、ダメージを減らせることはあり得ないのだ。

だが、その眼がさらなる驚きに見開かれた。ダメージを減らしているわけではないことが、彼にはわかったのだ。

男たちの頭から、何かが滴《したた》り落ちていた。血液にしては妙な色をしていた。色が薄い。額の辺りからその液体が流れ出していた。そこは――

(例の〝髪の毛〟が――頭蓋骨の内部にまで食い込んでいるのか?)

そう、その液体は頭骨の中に満ちている体液がそのまま漏れだしていたのだ。脳を保護している幾重もの膜をすべて突き破らなければそんなことにはならない。ということは、既に――意識などあるはずもない。

(もはや〝洗脳〟〝精神操作〟などというレベルではない。こいつは――動死体《ゾンビー》にさせられている!)

呼吸音が聞こえなかったはずだ。それどころか心臓さえ停止しているだろう。そしてその眼には、もう光がない。どんよりと濁《にご》っていて、視線を向けてくるどころか、何も見えていないのは明らかだった。

ゾンビーどもは再び、伊東谷とブギーポップめがけて機械的に襲いかかってきた。

伊東谷は——しかし、能力が効かない相手に対して、もう〝シェイム・フェイス〟で対抗しようとはしなかった。

「すうっ——すはっ」

と彼の呼吸に奇妙な響きがこもった。そして次の瞬間、この老人はカエルのように跳躍していた。

「——ほっ、はっ！」

気合いと共に、飛びかかってきた連中を空中で撃墜した。そいつらは鉄骨構造の隙間から落ちていき、ずいぶん下の方から、ぐしゃり、という音が響いてきた。

「——呼吸法か。大したものだね」

ブギーポップが感心したように言った。そう、伊東谷は身寄りのない身で、何も能力にばかり頼って戦禍《せんか》の時代を生き延びてきたわけではなかったのだ。特殊な呼吸をずっとし続けることで体内に力を蓄積し、普通の肉体でも瞬発的に莫大《ばくだい》なパワーを発揮させることができる、その方法を彼は会得していたのである。気功法と呼ばれるものに似ているが、あくまでも体内的なもので、見えない衝撃波を飛ばしたりはできない。

ブギーポップのところにもゾンビー軍団は襲ってきた。伊東谷に向かった連中よりも数が多い。

しかし、その黒い影にそいつらが触れるか触れないかの内に、空中に糸のように細い光が疾り、たちまちゾンビーたちは切り刻まれて飛散した。

ゾンビーたちは、この反撃でいったん態勢を立て直すように後退した。

「――ぬうっ……！」

呼吸法による緊急の身体反応上昇でなんとか危機を脱した伊東谷は、かすかに呻いた。

ゾンビーたちが――周囲の鉄骨の影からわらわらと湧き出るように出現して、増殖していったからだ。待ち伏せはどこまでも本格的なものだったのだ。

それはギミー・シェルターに乗っ取られてしまったパスタイム・パラダイスの構成員たちの、ほとんど全員であった。組織は事実上壊滅していたのだが、そんなことは伊東谷には知る由もない。

どいつもこいつも、光のない目つきになっていた。あくまでも〝ジェイム・フェイ人〟を使わせない気である。

「どうやら、君の能力を分析されてしまったらしい――対策を立てられてしまったようだね」

ブギーポップの落ち着き払った声が響いた。

「ということは――やはり、こいつらを操っている奴は、この近くにいて、こっちの様子を直に観察しているようだ」

「………！」

伊東谷は周囲を見回した。しかし視線は感じない。敵は伊東谷そのものは見ないで、襲い掛からせる連中だけを見ているのだ。

「……まんまと、してやられたということですか」

伊東谷は呼吸を整えて、力を再び蓄積し始めた。

「用心深い敵だと思ってはいましたが、ここまでとは――」

「そうだね――おそらく慎重で、回りくどくて、臆病《おくびょう》なところこそが、この敵の本質だ」

ブギーポップはやれやれ、という感じで首を左右に振った。

「おそらく、こんな事態にさせられているが――これさえ敵からしたら〝うまくいかなかった〟部類に入るんじゃないかな。君が賢明にも、ぼくのことをまったく攻撃しようとしなかったからね……いわばこいつは〝次の一手〟だと思うよ」


――その通りで、この様子を物陰から間接的に観察している仲村紀美香ことギミー・シェルターは不機嫌そうに顔をしかめていた。

（ちっ――ジンクス・ショップの関係者を引っぱり出せたのは良かったが――〝敵〟と相討ちにさせられなかったな）

あの爺《じじ》いはどうやら、とんだお人好しらしい。いくら能力があっても、あんな腑抜《ふぬ》けでは生きている意味さえあるまいに、屑が——と彼女は伊東谷抄造のことを心の底から軽蔑した。

仕方がないから、彼女が仕込んでいた攻撃を発動させざるを得なかった。これは本来、相討ちさせた奴等の内どちらかが生きていた場合、そのとどめを刺すために用意してあったものだ。

しかしもちろん、慎重な彼女の性格から、必要だと思われた戦力の三倍以上は投入してある。敵が二人に増えても、まだ余裕があるのだ。

いかなる危険をも事前に防ぐ——それがギミー・シェルターのやり方なのだ。

彼女は再び、ゾンビーに変えた連中を伊東谷老人と、黒帽子めがけて襲いかからせる——。

3.

「……いい加減に、素直に白状したらどうだ?」

警察の取調室で、柊と名乗っていた男を尋問していた刑事は半ばうんざりしながら、何十回と繰り返したかわからない決まり文句を口にした。

「…………」

しかし、オキシジエンは何も言わないままだ。ここに連れてこられてから、丸一日以上が経過しているがその間、一言も口を利いていない。「腹が減ったろう」とか「煙草を吸いたいか」

というような質問にさえ、何も言わないのだ。一睡もしないで、ただ虚空に視線を向け続けている。

「おまえの名前はなんだ？　それぐらいは言えるだろう？　おまえの口は飾りなのか？　その眼はガラス玉か？」

刑事はどこを見ているかわからないオキシジエンの目の前で手を振った。しかし、それにも彼はまったく反応しない。

「…………」

「くそ！　なんだおまえは！　まるで何にもない空気に向かって話しているみたいだ！」

刑事はどうしようもない苛立ちに駆られて、思わず叫んでいた。ほとんど悲鳴に近かった。

そのとき、取調室の扉が開いて、一人の刑事が入ってきた。

「どうした？　手間取っているようだな」

彼がそう言うと、今まで取り調べをしていた刑事は地獄に仏が現れた、とでも言わんばかりのほっとした顔になり、

「いや、まいったよ——黙秘どころじゃないんだよ、こいつ日本語喋れないんじゃないのか？」

刑事がそうぼやいたとき、オキシジエンはこの部屋に入ってから初めて、動作らしきものをみせた。

今、部屋に入ってきたばかりの刑事の方に眼を向けた。

その刑事は、最初にジンクス・ショップにやってきた内の一人で——正に、今ギミー・シェルターと伊東谷抄造が戦っているその原因となった男だった。オキシジエンは前にもその男を見たことがあったため、その記憶から視線を向けたのか——いや、そうではなかった。

彼は、その男を見てぼそりと呟いた。

「やっと来たな——〝糸〟が」

およそ意味不明のことを、唐突に言った。

「な——なんだと？」

それまで取り調べしていた刑事が、いきなりの発言にすっかり面食らった。

「今なんて言った？　イト——〝糸〟？　糸って何のことだ？」

だが、彼はその驚きをそのままオキシジエンに向け続けていることはできなかった。その彼の横に立っていた、今入ってきた刑事が、これまた突然に腰に下げていた拳銃を引き抜いて、オキシジエンに銃口を向けたからだ。

その動作にはためらいがなく、引き金には指が掛かっていて、安全装置も切られている——撃つ気だ。

「な……?!」

その取調室の、他の刑事や警官たちはこの異常事態に対応できない。茫然として、事の進行を見送るだけだ。

拳銃はまっすぐにオキシジェンを狙い、その撃鉄が、かちり、と上がる。

しかしオキシジェンの表情には、まったく変化がない。相変わらずのポーカーフェイスで、ぼそりと、

「――〝カレイドスコープ〟――」

と呟いた。するとどこからともなく
〝はい〟

という返事が聞こえてきた。それと同時に、狙いの定まった刑事の拳銃は火を噴き、弾丸が発射された。その途端、

――ぎいいいんっ、

という耳をつんざく金属音が周囲に響いた。

そして、その部屋にいたものはあり得ないものを見た。発射された弾丸が――空中で停止していた。

その両端に、何かがこびりついているように見える――きらきらとした粒子が、弾丸を挟むようにして集まっていた。高速回転していた弾丸が、その粒子の摩擦《まさつ》で音をたてつつ――静止

する。

すると、粒子の集まりは左右に開いて、ぱっ、とそれを床に落とした。その開き方はまるで——いや確かに、人差し指と親指の先をくっつけていたのを放したときの、その動きだった。粒子に見えていたのは、人の指先だったのだ。そして——粒子の集まりはどんどん大きくなっていき、完全な人の形になる。

「——」

その光景を、他の者たちは唖然として見つめている。粒子はみるみるうちに、そう、それはまるでテレビ画面の〝解像度〟が上がっていくかのように——はっきりとした形になっていく。

突然現れたのではなく、今の今までもずっとそこにいたのだった。ただ人々の眼に映っていなかっただけだ。視覚に干渉されて、その男の姿は人々の脳裡で像として焦点が合っていなかったのである。

そのグレーのスーツを着た男の眼は、左右で色が違っていた。

指先で、飛んできた拳銃弾を摘み取ってしまったその男は、カレイドスコープと呼ばれている——。

「な、なんだおまえは?!」

刑事たちは連続する異変についていけなかった。カレイドスコープに向かって甲高い声を上げた。

そして、今オキシジエンを撃った刑事は、すばやく今度はカレイドスコープを撃とうとしたが、そのときにはもう、この金銀妖眼《ヘテロクロミア》の男は動いていた。

神速《しんそく》の蹴りが拳銃を相手の手から弾き飛ばし、自分の手で受けとめると、たちまち——鋼鉄でできたそれをぐじゃぐじゃと丸めてしまう。怪力と言うには、それはあまりにも無茶苦茶なパワーだった。薬莢《やっきょう》の中の火薬が、ぱぱぱぱぱん、と暴発して破裂するが、カレイドスコープは平然と手の中でそれを収めてしまう。

「……な——」

他の者たちは、もうなんと言っていいのかさえわからず、ただただ茫然としている。

蹴りではじき飛ばされた刑事は、態勢を立て直して、さらに襲いかかっていこうとした。

だがその動きが、ぎしっ、と軋むようにして停まる。

オキシジエンが立ち上がっていた。

そして、その手がその刑事の方に向けられていた。その指先は、なにやら奇妙な形に曲げられている。指がわずかに動くたびに、動きが停まった刑事の身体が、ぴくっ、ぴくっ、と不自然な形に動く。

まるで、吊り人形を操っているかのようだった。ただし水平に——そして、糸は当然の事ながら、まったく見えない。

「ぐ、ぐぐぐ——ぐがっ——」

刑事の口から異様な声が漏れる。その眼の焦点はまったく合っていない。

「後はまかせるぞ、カレイドスコープ——僕はこの運命を辿《たど》っていくことにする」

オキシジエンがそう言うと、カレイドスコープはうなずいた。

「はっ、お任せください——この程度の警察署なら、たやすく無力化できます」

この会話を聞いている者は誰もいなかった。部屋にいた他の警官たちは、さっきの茫然とした表情のまま、ぴたり、と凍りついたかのように動かなくなっていた。

そしてオキシジエンが、くい、と指を動かすと、刑事はまるでゼンマイ仕掛けの人形のようなぎくしゃくした動きで歩き始めた。

扉を開けて、廊下に出る——オキシジエンもその後をついていく。

彼らは当然、他の警官たちと何度もすれ違った。

だが、その誰もが今の取調室の者たちと同様に、ぽかん、とした表情のまま固まっている。

この奇妙な現象がカレイドスコープの言った〝無力化〟というものであることは明らかだった。

大勢の者たちの中を、まるで無人の荒野を行くかのような堂々たる態度で、オキシジエンたちは警察署の外に出て行った。

「さて——ジンクス・ショップに関わった運命どもは、どこまで残っているものかな……？」

オキシジェンは、夕暮れの空に向かってひとり呟いた。

4.

ビルの工事現場で戦い続けている伊東谷老人は後から後から湧いて出てくるかのようなゾンビーの群れに疲労を隠せない。いかに呼吸法で超人的な力を出せるとはいえ——老いは隠しきれない。

（——くそっ！　きりがない！）

ブギーポップも、ずっと戦っていた。敵はこの黒帽子の方をより優先して襲っている感じで、それが伊東谷にとってはわずかな救いになっていたが——しかし黒帽子がゾンビーの腕や脚を切り落とそうが、それでも連中はかまわずに襲ってくる。

黒帽子は疲れを知らぬかのように、そいつらを無表情に迎撃し続けている。

ゆらり、ゆらり——と影のようなその姿が、不安定な鉄骨だけの足場の上で揺れるたびに、ゾンビーは切り刻まれてはじけ飛んでいく。なんだかその光景は戦っているというよりも、なんというか——

（——強い……のか？）

伊東谷は、ちらちらと横目で見ているだけだったが、ブギーポップに力強さというか、圧倒的パワーとか、そういうものを一切感じることができなかった。

その立ち振る舞いとか身のこなしとか破壊の有様とか、それら一切になんだか——現実感がない。

夢の中の光景のようだ。神がこの世界を創ったときに、そこだけリアリティを捨ててイメージを優先させてしまったかのような、適当で、いい加減で、そのくせ——他の何者にも侵されることのない奇妙な存在感があった。世界中のありとあらゆるものから完全に孤立した、ひとりぼっちの影——。

——ぞくっ、

と背筋に冷たいものが流れた。伊東谷はずっと前からそいつのことを知っていたような気がした。

特殊な能力を持っている自分が完全に世界と相容れなくなったら、天から罰が下されて、自分はこの世から抹殺されるかも——と妄想していたとき、そこにはいつもそいつがいたような気がする。世界の敵を滅ぼすため、それだけのために存在している〝死神〟が——。

(…………)

伊東谷はそのとき、自分の役割を知った。自分がこれまでの長い人生、一体何のために生き

てきたのか――その理由を。彼は自分の意志で生きてきたつもりだったが、そんな自由など自分には存在していなかったことを悟った。

選択肢は――たったひとつしかない。

「――ブギーポップさん、とおっしゃいましたか？」

彼は、襲ってきたゾンビーを蹴り飛ばしながら一緒に戦っている相手に向かって話しかけた。

「あなたは――行ってください。この近くのどこかに潜んでいるこの敵の〝元凶〟を見つけだすのです」

この提案に、ブギーポップの眉がややひそめられた。

「いいのかい？　敵は――視線を感知できる君に対しては包囲を決して弛《ゆる》めないよ」

「だからこそ、囮《おとり》として引きつける役割ができるのですよ」

伊東谷はためらいのない口調で言った。ただでさえ限界に近いのに、ゾンビーを一人で引き受けるということが何を意味するのか、もちろん彼にもわかっていた。

あの柊は、彼との数少ない会話の中で、こんなことを言っていた――。

〝ひとりになるのを恐れて焦ると、ひとりになったとき致命的になる〟

その意味は今や明らかだった。この局面でブギーポップを行かせて一人になることは、致命的なことだった。

だが、他に方法がない。

ブギーポップがこのままここで戦い続け、そしてゾンビーを全部倒せたとしても、そのときには敵の元凶はどこかに姿をくらましているに違いない。そしていつかブギーポップが、そいつに追いついて倒すことができる日が来るとしても、この用心深い敵はその前にこの一連の事態において残したすべての痕跡を消し去ってしまうはずだ。

そう——ジンクス・ショップで自分の顔を目撃したはずの槒崎不二子を。

世界の安否はともかく、彼にとっての選択肢は他にないのだった——今すぐここで、敵を倒さなくてはならない。

「…………」

ブギーポップは無言で伊東谷の方を見た。伊東谷はうなずいてみせた。彼は悟っていた。この黒帽子は、別に彼を救うために存在しているのではない。だから——彼の提案に躊躇したりはしないのだ、と。

「お行きなさい、死神さん——」

伊東谷がむしろ穏やかな顔でそう言うと、ブギーポップはあっさりと、

「——了解した」

と言い捨てると、身をひるがえして鉄骨足場の上から転落するように身を投げた。

闇の底に落ちていって、しかし着地する音はまったく聞こえてこなかった。

「頼みましたよ――」

伊東谷は口元に笑みを浮かべながら、彼のところに殺到してくるゾンビーたちに鋭い視線を向けた。

＊

仲村紀美香は、彼女の支配下にあるゾンビーたちの動きが変化したので訝しんだ。

彼女は直接、連中を操作しているわけではない。その攻撃衝動をあおってやっているだけだ。細かい動作までは指示できない。しかも〝死〟を忘れさせているために、動作は単純なものしかできない――その動きのパターンが、さらに単純になった。

（……なんだ？）

（これは何を示している？　向こうでどんな変化があった？）

紀美香は少し苛立った。彼女は自分の作ったレールから物事が外れることをひどく嫌悪するのだ。

（――もしかして、一人は仕留めたのか？）

標的も動き続けているから確実ではないが、そう考えると動きのパターンの変化の説明がつく。だが油断はできない――のこのこ現場に出て行くなどとんでもないことだ。どうやら相手の視線を武器にできるらしい相手もいる以上、そっちを見ることもしない。

（――ここまでか。倒せたのがどちらかはわからないが、後はゾンビーどもに任せて、ここから去った方がいいな）

ゾンビーの視覚を消したりした攻撃設定は既に終わっている。変化に対応させる必要がまだあるかも知れないが、それは深追いということになるかも知れない。

何よりも自分の安全が第一――それが彼女のスタイルだ。

彼女は周囲に何の気配もないことをくどいほどに確認してから、その場から離れていった。そしてすぐに、人が大勢いる大通りに出て、人混みの中に紛れてしまう。雑踏の中で、普通の女子高生にしか見えない彼女の姿はまるで目立たず、特別な何かを傍目《はため》から感じさせるものは皆無だった。

（ふふふ――）

彼女は賑やかな通りを歩きながら、心の中だけで笑っていた。

またしても彼女の人生にとって危険な存在を排除することに成功した。こうやってひとつひとつ、都合の悪いものを排除していけば、いずれ彼女にできないことは何一つなくなる。すべてが彼女の安全のためだけに存在する世界ができあがるだろう。

彼女の前に立ちはだかるものは何もなく、彼女に危険が及ぼうとすれば幾重にも張り巡らされた〝壁〟がそれらを防いでくれる。それがギミー・シェルターという能力の意味なのだ。

（ふふふふ――！）

彼女は鼻歌でも歌いたい気分だった。すると街のどこかから、口笛のような音楽が聞こえてきた。妙に派手な曲で、口笛には全然合っていなかった。自分と同じように得意げな奴でもいるのか、と彼女はそいつの無邪気さを笑いたい気になった。どうせいつかそいつも彼女の安全のための礎になり果てる運命にあるのだ。

彼女が口元にかすかな笑みを浮かべた、そのときだった。

街全体に響きわたる、どどん、という衝撃音が響いた。

（――！）

彼女はその音の正体に気づいた。その音が響いてきたのは、あのビルの建設現場だったからだ。

（鉄骨が破壊されて、崩れ落ちたか――決着《ケリ》が着いたな）

彼女はしかし、そっちの方向を見たりはしない。万が一、あの視線を跳ね返す奴が生き残っていたらまずいからだ。どんなときにでも絶対に油断せず、安全第一で――と、彼女が思っていた、正にその瞬間だった。

彼女は――そいつと眼が合ってしまった。

そいつは正面にいた。

ただし、地面には立っていなかった。

道路に沿って植えられている街路樹の、その天辺《てっぺん》の上にまるで避雷針《ひらいしん》のように、にょっきりと伸びていた。人というよりも筒のようなシルエットだった。

そいつは、彼女にまっすぐ視線を向けていた。それはそうだった——そのとき、通りに立っている者でそいつの方を向いている者は彼女一人しかいなかったからだ。あとの者たちは全員、轟音《ごうおん》が響いてきた方角を見ている。そっちから眼を逸らしているのは、この場で彼女たったひとりだけ——。

（…………！）

紀美香は、自分の決定的な過失を悟った。安全を最優先する彼女にとって、それは避けようのない失敗だった。

（し——しまった……！）

彼女の顔に、それまでまったく見られなかった表情が浮かんだ。それは炎で焼き尽くされるかのような、どうしようもないほどの焦燥《しょうそう》だった。

彼女はすぐさまきびすを返し、全速力で逃げ出した。

ばっ、と街路樹の上の影が彼女の後を追って跳ぶ。

紀美香は絶叫しながら、必死で走っていく。

周りの人間は、そのあまりの形相に驚いて道を開ける。

紀美香にはわかっていた——あれだ、あれこそが彼女がずっと出会うことを恐れ続けてきた〝世界の敵を殺す者〟だ。あれに見つけられてしまった以上、もはや彼女に〝安全〟など存在しない。

（なんてことだ、なんて——）

逃走する彼女は、前方でぼけっと突っ立っている女性を見て、そいつの頭に向かって手を伸ばそうとした。髪の毛を食い込ませて操ってあの敵と自分の間を挟む〝壁〟にしようと思ったのだが、その瞬間彼女はとんでもない激痛に襲われた。

伸ばした手が——

「……ん？」

後ろの方で変な叫び声のようなものを聞いた気がしたその女性は後ろを振り向いた。

しかし、そこには誰もいない。変だな、と彼女が思ったとき、その視界の隅に奇妙なものが入ってきた。

路面の上を、ころころと転がっていく複数のものがある。棒状のそれは、なんだかベージュ色というか、肌色のような——大きさはちょうど——

（何、あれ——なんだか——ゆ……指みたいな……？）

しかしその棒状のものはすぐに路面の排水溝に落ちてしまって、なんだったか確認することはできなかった。

(――うぎゃあああああああッ!)

紀美香の悲鳴はもう、あまりにも甲高すぎて掠《かす》れ切り、人の耳の可聴域を超えていた。

指が――彼女の右手の人差し指と中指がなくなっていた。眼にも留まらぬ速さで飛んできた敵の攻撃が一瞬にして切断してしまったのだ。

彼女はたまらず、その目の前にあったデパートの中に飛び込んでいった。大勢の客や店員がいるが、その誰もが走っていく彼女に怪訝そうな眼を向けるものの、まさかその彼女が殺されかけているところだなどと想像もしていない。そして――彼らのすぐ側の、その視界の死角をすり抜けるようにして黒い影が移動していくのには、誰一人として気づいていない。

紀美香は立ち停まることなどできない。人質などというものもきっと無意味だ。奴は死神なのだ。いくら犠牲が出たところでまったく気にしないに違いない。

彼女は訳もわからず、疾走し続けた。

息をぜいぜいと切らしつつ、フロアの隅に設置されている階段を駆け昇り、背後に迫ってくる死の気配から少しでも離れようとする。三階ほど上がったら、階段の横に扉があった。反射的にその外に飛び出す。

そこは建築デザインの都合から、やや小さくなっている上階との兼ね合いで設けられた、吹きさらしの通路だった。各種の装飾が置かれていて、クリスマスシーズンにはそこにツリーやらサンタなどが配置されることになる。服のバーゲンセールなどが行われるときは正面入り口を避け、人をここに並ばせたりもするような、そういう所だった。

紀美香はそこに飛び出した。走って、走って、走り抜けばいつか逃げ切れるかもという強迫観念にも似た希望を必死で胸に抱え込んで――しかし、

「――――！」

その顔が恐怖にひきつり、その足が急停止する。

それほど広くはない通路の、その先に影が立っていた。先回りされていたのだ。

「………！」

紀美香は後ずさった。すると黒い影はその動きとほとんど同時に、一歩前に出た。下がると、また同時に近づく。

ずるずる、と後退しても、距離はまったく開かず、まるでそれは紀美香自身の影であるかのように決して離れない。

「……な」

紀美香の震える口からか細い声が漏れる。

「なんなのよ、おまえは――一体全体、なんだっていうのよ……?!」

この根元的で本質的な問いに、影は静かに答えた。

みな音だろう」

「君という運命——それがひとつの曲であるとするならば、ぼくはそれに割り込んできた小刻
「……え?」

「他のあらゆる音色から切り離された、無関係の音——ぼくも君もその意味を知らないが、しかしきっと、世界という大きなひとつの交響曲の構成から見たら、君という旋律《フレーズ》が断ち切られるとき、断音符《スタッカート》としてのぼくが必要なのだろう——ぽつんとひとつ、泡のように浮かび上がって、消える——」

一歩、前に出てくる。

ひっ、と紀美香はさらに後ずさる。いつのまにか両者の移動のタイミングが逆転していて、影の方が先になっていた。

「ひ、ひぃっ……!」

紀美香はまるで操られるようにして、がくがくと後退していく。

立入禁止、という簡易柵で塞がれていたところさえ、彼女は踏み倒して下がっていく。そして——はっ、と我に返ったとき、彼女は通路から少し外に突き出した鉄骨状の小さな足場の上に立っていた。飾り付けのために、普段なら閉鎖されているところが開けられていたのだ。その先には——何もない。十数メートル下の地面が待っているだけだ。

がくがく、と脚が震え、数秒経たないうちに——彼女は足を踏み外して、落ちた。

「――ひっ！」

必死で鉄骨に摑まる。だが――さっきの影の攻撃で、右手の指が欠けていた。しかも溢れてくる血で、たちまち摑んでいるところがぬるぬると滑っていく。

「ひ、ひいいいっ……！」

紀美香の悲鳴は、あまりの恐怖のために震えきって、ほとんど音になっていない。

ぬっ――と、その彼女を覗き込むようにして、黒い影が彼女の視界に入ってきた。

とどめを刺すのは、とても簡単な状況だった。ほんのちょっと、彼女の指をいじってやるだけで、あとは彼女の方で勝手に地獄に転落していく。

もう、彼女を守るものは何もない。敵から身を守る壁も、味方も、天運《ツキ》もない――剝き出しのひとりきりで、立つべき足場さえなく、宙ぶらりんにさせられていた。

「ひ、ひいいいいいいい、いいいいいい――」

そんな彼女を、黒帽子は無表情に見おろしている。

「………」

そして、死神は意外なことに、くるっ――とそこから背を向けた。

「……あ、あ……？」

紀美香が茫然としていると、影は何の感情もない言葉で静かに言った。

「どうやら――君はもう世界の敵ではなくなったようだ。後は勝手にするがいい。――もっとも」

向こうに歩いていく影は、彼女の方を振り向きもしない。その彼女は、形相が一変していた。その髪の毛は、一本残らず真っ白になっていて、ぱらぱらと抜け落ち始めていた。そこにあった力が根こそぎなくなってしまったことは明白だった。

彼女に、心の中に壁をつくるというその能力をもたらした過去——それがなんだったかは永遠の謎となった。彼女の記憶の中にあるはずのそれを表層意識から隠していた能力が消えてしまったのだから。力と共にその起源も消滅してしまったのだ。今や——彼女に残っているものは、自分の行為がもたらした、隠しようもなく目の前に迫ってくる現実だけだった。

必死で摑まっている指先が、どんどんぬるぬると、ずるずると滑っていく。

「君に、そこから動けるだけの未来が残っていれば、の話だが——」

声は遠ざかっていく。そしてその気配も何もかもが、彼女の人生から永遠に——去っていった。

5．

「…………」

警察署から移動していたオキシジェンは、強風が吹きすさぶ建物屋上に立っていた。

その横には、彼をここまで連れてきた刑事が、ぼーっ、とした顔のまま突っ立っている。それ以上、一歩たりとも動こうとしない。

「……やはり、大した運命は残っていなかったようだな……」

オキシジエンはぼそぼそと呟いた。さっきどこかで何か大きな構造物が崩れ落ちる音が響いたが、そっちに彼の足は向けられなかった。

屋上は、立ち入り禁止の区画に無理矢理に入ったので、他に人影はない。そこをオキシジェンは、動かない刑事を放っておいて、ゆっくりと歩き出した。

こつ、こつ、こつ、こつ——と靴の音を響かせながら、その辺を無意味にうろつき回るようにぶらぶらと徘徊《はいかい》する。

すこし猫背気味に、下に視線を向けて、ぶつぶつと何かを呟いている。

それは、彼が楢崎不二子と初めて会ったとき、彼女からショップの構想と共に聞かされた即興の歌だった。

〝ジンクスは……人生の裏技……〟

節もほとんどつけずに、ただ囁いているだけという感じであった。

そうやって彼が退屈しのぎのような行動をしていると、かつっ、と彼のものではない足音がもうひとつ、その場に響きわたった。

「——音痴ねえ、下手くそだわ」

蔑《さげす》んだような口調で、声が掛けられた。

オキシジェンが振り向くと、そこにはジンクス・ショップの契約社員、小宮山愛——スイッチスタンスが立っていた。

彼女は警察署を見張っていて、オキシジェンが出てきたところからずっと追跡していたのである。

「…………」

オキシジェンは突然に現れたこの女を見ても、眉一つ動かさない。

対する小宮山はニヤニヤしている。

「しっかし、一体どういう能力なわけ？　この刑事をここまで引っ張ってきた秘密の力って」

彼女は、まだ眼の焦点が合っていない刑事の傍らに立って、その頬を手で無遠慮に撫で回している。

「…………」

オキシジェンは返事をしない。

「どうやらあんたは——なにかとんでもなく大きなシステムとやらの関係者らしいじゃないの。カレイドスコープっていうの？　あの滅茶苦茶強い男もあんたの部下なんでしょう。人したモンねえ」

小宮山は余裕といった表情で、得意げにせせら笑っている。

オキシジエンは何も言わない。

「さて——もう薄々勘づいていると思うけど、私は普通の人間ではないわ。選ばれた存在よ。天から能力を授かって、思うがままに生きることを許された特別な人間——」

彼女は歌うように、自信たっぷりの態度で言い放った。

「——そう、あんたたちが危険分子として狩り立てている〝MPLS〟とかいう連中に近い者なわけね。もっとも私は、そんな出来損ないたちとはレベルの違う存在だけどね」

「…………」

オキシジエンは無言だ。

「偉そうにしてるけどさあ——あんたは世界が何で創られているのか知ってるの？」

「…………」

「世界を創っているのは、歴史の積み重ねでも科学技術でもない——人の〝意志〟よ。そして私の能力〝スイッチスタンス〟は——その人の意志を、それが誰であろうと奪い取って、自分のものにすることができる——」

彼女はそう言いながら、撫で続けている刑事の頬に、真っ赤な色をした小指の爪をかるく立てて、すいっ、と横に引いた。赤い線が刑事の頬についた。

すると、その赤い線はみるみるうちに刑事の頬に吸い込まれるようにして消える。そして、普通の人間には何の変化も見て取れないが、特別な眼を持っている者たちだけには見える変化が生じた。

刑事の身体から、ふわっ、と薄い霞のようなものが浮かび上がってきて、身体から離れた。それはちょうど、人が元気がなくなるときに形容される〝魂が抜けたような〟ということを具現化したような、そういう光景だった。

そして、すうっ、と小宮山が息を吸い込むと、彼女の鼻にその霞は吸い込まれていく。すべてはあっという間で、そして次の瞬間には刑事の身体はその場に崩れ落ち、膝をついた。

化学反応には、触媒による分離という現象がある――ある化合物をふたつに分けたいとき、第三の成分を足してやると、それまでひとつのものに結合していた化合物は、その新しい成分によって分離してしまうことがある。片方の成分にとって、よりくっつきやすい分子が混ざってきたために、それまでの結合が解かれてバラバラになってしまうのだ。

そう――このスイッチスタンスという能力は、その現象に似ている。人の意志というものが、もし具体的なものとして存在しているのならば、小宮山はそれを己の血液という触媒を使うことで、その人間の身体から分離させることができるのだった。

「ああ――意志が足されて、私はまたひとつ強靱《きょうじん》な存在になったわ！」

小宮山は頬を紅潮させて叫ぶ。常人には想像もつかないことだが――どうやら彼女にとって

〝意志〟というのは純粋に量的なものとして捉えられているらしい。そのストックが多ければ多いほど、意志が――精神が強くなるという具合に――。

「そして――私に意志を一体化させられた者は、そのまま〝私〟になる――」

彼女は手をすっ、と上に持ち上げて、オキシジエンの方に向けた。

すると膝立ちのままだった刑事の腕も同じように動き、そして――その手に握られている拳銃がオキシジエンの胸に向かってぴたり、と狙いがつけられた。

「………………」

その光景を見ても、オキシジエンの顔色はまるで変わらない。小宮山は相手の無表情にかまわず、

「わかるかしら？　今のところは、ここまで本格的に意志を奪っている相手は少なくて、少しずつみんなから剝ぎ取っている程度だけど――その気なら私は、世界中の人間の意志を奪い取って神にもなれるのよ」

と誇らしげに言った。

この言葉に、初めてオキシジエンに変化が現れた。その顔にひとつの表情が浮かんだ。口元がかすかに上がって、目元がすうっと細くなって――微笑んでいた。

「……神、か」

呟いたその声は、ひどく投げやりで、退廃的な響きを持っていた。

「神というのは――この糸を操っている者のことか……？　運命に結ばれた、鮮血に染まった赤い糸を――」

「……は？」

小宮山は彼が何を言っているのか理解できず、眉をひそめた。

「何ですって？　赤い糸？　それって――結婚する人とは生まれたときから赤い糸で小指と小指が結ばれているっていう――あれのこと？」

「そう――とも言う……」

オキシジエンはぼそぼそと返事した。すると小宮山は大きな笑い声を上げた。

「なによそれ？　ずいぶんと乙女チックなことを言うのね。世界を裏から操るというシステムの管理者にはふさわしくない発言ね」

「……世界に、表も裏もない……」

オキシジエンは小宮山の嘲笑にはまったく反応せずに、淡々とした口調で言う。

「……そして、どんな人間でも〝己にふさわしい〟などと思えるほどの余裕は、世界には存在しない……」

ぼそぼそと喋るその調子は、それまでの彼とまるで変わるところがない。ショップの事務机でカードに書き込んでいたときと同じ調子だった。

「……？」

そのことに、小宮山は少し苛立ちを感じた。正体がバレていようがどうしようが、こいつにはどうでもいいというのだろうか？

「ずいぶんと落ち着いてるみたいだけど……あんたの頼みの綱のお仲間は、まだ警察署にいてこっちには来れないんでしょう？　それともあんた自身にも、ものすごい戦闘力でもあるっていうのかしら？」

この問いに、オキシジエンは肩をすくめてみせた。

「戦闘力など――何の意味もない」

「なんですって？」

「たとえば……最強を名乗るフォルテッシモという男がいるが……奴など、無駄な力があるばかりに、いつもいつも迷っている始末だ……どこに行けばいいのか、自分でもわからぬ迷子《まいご》に過ぎない……力など、それこそ無力だ」

その口調には不安なところや、感情というものがまったくなかった。機械的というには硬さもなく、存在感がない、そう――まるで空気のような捉えどころのない声だった。

「――なに言ってんのか、さっぱりわかんねーわよ。でも……まあ、もうそろそろ完了しているから、どんな力があっても、それこそ無意味ってことになるけどね？」

小宮山は意地悪そうな口調で言った。その左手の小指の爪からは、さっきから〝触媒〟たる血が床の上にぽた、ぽた……と垂れ続けていた。

「…………」

オキシジエンがその血の染みに眼を落とすと、小宮山はニヤリと笑った。

「やっと気づいたようね──そう、もうあんたは手遅れなのよ。この血の臭い──つまり気化した分子を身体に、充分に浴びてしまっているんだから──能力は既に、充分におまえに食い込んでいる」

彼女がそう言うのとほとんど同時に、オキシジエンの身体から、ゆらっ、と霞のようなものが立ちのぼり始めた。

「…………」

しかし、オキシジエンは前から無感情な顔つきなので、変化らしい変化は見られない。

「さて──もうおまえは私に嘘をつくことはできない」

小宮山は勝ち誇った声を出した。

「おまえに、秘められている能力とやらは一体なんなの？」

「──────」

オキシジエンは、数秒ほど無言だった。だが、すぐにその口を開いて、語り出す。

「僕の能力──それは世界に張り巡らされた運命の〝糸〟を見ることができる──能力」

この奇妙な言葉に、小宮山は眉をひそめた。

「……？　運命？　なんのこと？」

「人と人、物と物、人と物——すべての事物には〝そうなるべき未来〟というものが、既に、すべて内包されている——そしてそれが重なり合うところに、運命が生じる——僕にはそれが〝糸〟として見える」

オキシジエンの説明は、説明になっていない。彼にしかわからないことを、彼にしか通じない言葉で喋っていた。

「おそらく、世界を変革するべきMPLSとしてはもっとも意味のない力だ——僕に見えるものは、ただ〝変えられないもの〟ばかりなのだから——それで、僕は前の中枢《アクシズ》に、次を託されたのだ——監視者として」

「……？　イマイチ理解できないけど……未来って言ったわね？　つまりあんたの能力って、一種の予知みたいなものなの？」

「そうとも言えるが……正確な未来はわからない」

この答えに小宮山は哄笑《こうしょう》した。

「あはははは！　なにそれ？　ずいぶんと貧弱な能力じゃないの！　なにしろ、ここで私に攻撃されることも予知できなかったみたいじゃないの」

軽蔑の限りを尽くした、相手を馬鹿にしきった笑い方だった。

「………………」

「で、そのチャチな予知能力で、あのショップで何をしていたのかしら？」

「探していた」

「誰を？」

「〝次〟だ」

「さっきもそんなこと言ってたわね――それって、つまりおまえの次の、システムの管理者ってことかしら？」

「…………」

答えないと言うことは、小宮山からすれば肯定ということになる。否定ならば、能力に侵されている相手はそう言わないでいることができないのだ。

「あはっ、ははははっ！」

小宮山の顔に満面の笑みが浮かんだ。

「あはははははっ！――じゃあ、何の問題もないんじゃないの？　正にここに、私が来てやったんだから。なに？　これも運命ってやつ？」

「……そうだな」

オキシジエンはうなずいた。だが……それは精神が奪われているにしては、妙に自立的な動作だった。しかし得意の絶頂にある小宮山はそんなことには気づかない。

「それじゃあ、さっそくあんたの〝意志〟をいただくとしましょうか――」

彼女は一歩前に出た。そしてオキシジエンのまわりに漂っている霞に顔を近づけて、すうっ、と一息に吸い込む。

「………」

それをオキシジエンは冷ややかな眼で見つめていた。

小宮山は能力の作業を完了した。霞はひとかけらも残さずに、彼女の中に吸い込まれていった。そして――

「――ふうっ、うっ、ううっ……？」

彼女の顔色が、妙に赤くなった。熱でも出したみたいに、顔中が真っ赤になる――と思ったら、今度はどんどん血の気が引いていき、真っ青になる。それと同時に頬がぴくぴくと痙攣を始めた。

「う、うううっ、ううううっ……？」

自分の両肩を抱きかかえて、彼女はがくがくと震え始めた。

「……な、なんだって……なんだって……?!」

小声でぶつぶつと呻き出す。その掠れて、はっきりしなくて、小さくてほとんど聞き取れない呟き声は――オキシジエンのそれとよく似ていた。ただし、彼のそれよりも、もっと弱々しく、もっと散漫だった。

「……そ、そんな……そんな……まさかそんな……！」

そんな彼女に、オキシジエンが静かに声を掛ける。

「……〝意志〟と言ったな。意志の力か……何を勝手に勘違いしていたのか知らないが、おまえの言っていたような〝意志〟などこの世に存在しない……己のない意志など、何の意味もない。おまえが得意げに喰らっていたのは、ただの生命エネルギーの滓《かす》に過ぎない……」

オキシジエンは、さっきと表情が全然変わっていなかった。

「僕から〝意志〟を奪うだと？　……いくらでも持っていくがいい。ただし……そこに運命の本質を見て、己というものをまったく鍛えていないおまえの意志が、どこまで保《も》つか保証しないがな……」

彼の冷ややかな声など、もう小宮山の耳には届いていないようだった。彼女は、彼女の内部にあの霞と共に入り込んできた〝認識〟によって今や押し潰されそうになっていた。

「……そんな、そんなことって……それじゃあ、それじゃあこの世には……な、何の理由も存在しないって……世界は、世界はただの……ぐ、偶然が……」

ぶつぶつ呟いている、その言葉は支離滅裂でまったく意味が摑めない。

あうあう、と呻き続ける彼女に、オキシジエンは、ふう、とため息をついて言った。

「時々、思うことがある――こんなことをしていても、所詮は徒労なのではないか、と……世界の害になる存在を排除しようというこの活動も、もしかすると――もっと優れていて的確な〝存在〟が他にいるような気がしてならない。僕が見つけた運命の糸も時折、突然に切れてしまうことがある……誰かがいる。そいつは次々と世界の敵の運命を断ち切っていて、我々は、所詮はそいつに及ばない運命の落ち穂拾いに過ぎないのではないか、と……そんな気がしてならなくなる」

しかし、彼のそんな言葉など小宮山にはまったく聞こえていない。彼女はふらふらと、定まらぬ足取りで建物屋上の上をさまよい始めた。

「う、ううっ、ううううううっ……う――」

うめき声からは、だんだんと知性が消えつつあった。そんな彼女に、オキシジェンは最後に言った。

「そう――僕らが始末できるのは、所詮はおまえのような〝小者《こもの》〟に過ぎないのさ、なあ、スイッチスタンス――おまえの運命を終わらせるがいい……」

彼がそう言うと、彼女の身体はよろよろと傾くように動いていき、そして――この建物、すなわちデパートメントストア屋上の上から自分から転落していった。

その途中で、がたたん、という何かが引っかかるような音が混じった。オキシジェンが少し身を乗り出して下を見ると、小宮山が落下していった途中に、なにか――別の誰かがたまたま偶然にもそこにいて、彼女に当たって共に墜落したらしい。

たまたま偶然に――しかし、オキシジェンから見れば、そんなものはこの世に存在しない。

その、共に落とされた人物に彼は見覚えがあった。ジンクス・ショップに一度だけ来たことがある。ただしそのときの彼女は――髪の毛が真っ白になどなっていなかったし、こんな場所に宙吊りになるような運命を背負ってもいなかったはずだった。

「…………」

オキシジエンは、いきなり二人の人間が落ちてきて、衝撃で身体がばらばらに飛び散ったので大騒ぎになっている下界を、冷ややかな眼で見おろしていた。

「…………」

彼はぶつぶつと何かを呟いた。しかしその声はあまりにも小さすぎて、彼自身の耳にさえ届くことはなかった。

＊

――先日、転落事故があったばかりの工事現場で、またしても鉄骨が突然崩れ落ちるという事故が生じたので周辺は大騒ぎになっていた。まだ半壊状態で、さらに崩れる危険があるというので警察などが周辺を封鎖していた。

そして、その奥の方で――ふたつの人影が対峙していた。

「――つまらない、ジンクスですか……なるほどね――」

弱々しく微笑む人影のうちの一人は、地面に横たわっていた。年老いた顔には死相が浮かび、その腹部は大きくえぐれていて、もはや助かる見込みは皆無だった。

そしてもうひとつの影は、その倒れている老人を見おろすように立っていた。黒い帽子に頭部のほとんどが覆われ、その表情は落ちる影に隠れてよく見えない。

「君は、自分の人生に後悔があるのかな。何かに導かれていたとして、そういう自分を憎いと思えるかい？」

その静かな問いかけに、老人はゆっくりと首を振った。

「いや——いやいや、やはり……そう悪くもなかった……私の……」

その声は、もう目の前の黒い影に向かって言っているのではなかった。彼の、その魂の前に立っている、彼の人生で出会って別れてきた人々に向かって言っている言葉だった。

そして彼は、優しげな微笑みを浮かべた。

「……お嬢様……雨が降りそうなときは……コートをお召しになることを……忘れないように……冷え込みますから……」

囁くように言って、そしてその呼吸がゆっくりと停まった。

そのときには、もう彼の前に立っていた黒い影は掻き消すように消えていた。本当にそこに立っていたのかどうかさえ、もはや定かではなかった。

……こうして、支離滅裂で行き先不明の、とりとめのない運命の幕間劇《まくあい》は終わりを告げたのだった。

6．

それまで割と天気が良かったのに、急にどんよりと空が曇ってきたので、わたし末真和子は予備校に行くのがちょっとばかり鬱陶《うっとう》しい気持ちになってきた。

「あーっ、嫌んなってくるなあ……」

空を見上げつつ、小さな声でぼやいた。

わたしが藤花と待ち合わせをしている時間までは余裕があった。わたしは駅前の周りを少しぶらぶらすることにした。どこかの店に寄ったりすると、ついそこから出たくなくなってしまうと思ったのだ。

しかし、あてもなく歩くとなると、表通りからちょっと外れるともう、人がほとんどいない裏通りに出てしまう。

（みんな、寂しがりやなのかしら……）

わたしはなんとなく、ちょっとずれたことを思った。人恋しくて、みんなのいるところに集まろうとして、それで都市の真ん中にさえこういう死角みたいなところができる――誰も気に掛けない、隙間のような空間が。

わたしも、少し寂しい気持ちになってきたので、戻ろうと思った。するとわたしの視界の隅を、なにか小さくてふわふわしたものが横切った。

「——ん？」

眼をやると、道の隅っこに一匹の猫がいて、こっちを見上げていた。茶と黒の斑点《はんてん》が混ざった雑種のブチ猫だ。顔立ちからしてオス猫である。

少し痩せているみたいだった。首輪もなく、毛並みも汚れているからきっと野良猫だろう。

「どうしたの？　君も寂しいのかな？」

わたしは彼の前にしゃがみ込んで、話しかけてみた。

「…………」

猫はわたしを見つめ返してきた。お腹が空いているのかな、と考え、餌になるものでも買ってこようかなと思ったとき、彼はくるっとわたしに背を向けて、とてとてとて、と向こうに歩いていってしまう。でもちょっとふらついている。

「ち、ちょっと大丈夫？」

わたしは放っとけない気がして、猫を追いかけた。彼は狭い路地に入っていき、そしてツイン・シティの裏手にある通りに出て、そのまま古ぼけた建物の中に入っていった。わたしはこんな所に来たことがなかったので、ツイン・シティの真後ろにこんな建物があることも知らなかった。

入り口が開けっ放しで、全体的にさびれた雰囲気が漂っていた。

「……おじゃましまーす……」

わたしはおそるおそるそう言いながら、建物の中に入っていった。猫はフロアの真ん中にちょこんと座っていた。

「もう、勝手に建物に入っちゃ駄目でしょ」

わたしは猫を抱き上げた。別に逆らうでもなく、彼はおとなしく抱えられた。

そしてわたしがそこから出ようとしたとき、背後から声が掛けられた。

「――あら？　お客さんかしら。悪いけど、店はもうひと月前になくなっちゃったのよね――」

穏やかな調子の女性の声に、わたしは振り向いた。

綺麗な人が立っていて、わたしをにこにこしながら見つめていた。

「ど、どうも――」

わたしは頭を下げた。

「すいません、勝手に入っちゃって――」

「ああ、別にいいのよ――もうすぐ壊されるし、ここ」

彼女は周りを見回しながら、少し悲しそうな声で言った。

「何のお店だったんですか？」

「知らない？　ジンクス・ショップって――」

彼女はそう言ったが、わたしにはなんのことかよくわからない。すると彼女はそんなわたしを見てくすくすと笑った。

「割と知られていたと思ってたんだけどね——そうでもなかったみたいね」

「あ、すみません」

わたしは少し頬を赤くした。仕方ないではないか。受験生に流行を一々チェックしている暇はない。

「ああ、別にいいのよ——なんだかホッとしたのよ。ムキになっていたのが馬鹿みたいだったな、って——」

彼女は少し遠い眼をした。大人って感じの眼だ。

「はあ——」

わたしとしては、生返事をするしかない状況だ。

彼女はわたしの腕の中の猫を見て、そして言った。

「その猫さんは、ここの床の上でお昼寝したいのよ、きっと。さっきまでお日様が当たっていて、暖かくなっていたから——」

「え？　あ、ええ——そうかも知れません」

「業者が来るのは一時間後だから、それまでは別にここにいてもいいわよ」

彼女はそう言って、出口の方に向かって歩いていった。彼女は季節外れのコートを持っていたので、わたしはちら、とそっちの方を見た。

「ああ、これ？　いや、雨が降りそうだから、持ってきたのよ。冷え込むといけないから」

彼女はわたしの視線に気づいて言った。

「ずいぶん用意がいいんですね」

わたしがそう言うと、彼女はやや苦笑して、

「まあね——今まで、ちょっとずぼら過ぎたから——それに、これからは注意してくれる訳じゃないし——いや」

彼女は寂しげな表情をみせ、そして微笑んだ。

「そうね、これからはいつでも見守ってくれているような気もするわ。だから、それにふさわしい生き方をしなきゃね」

その微笑みはとても穏やかで、吹っ切れた強い精神を感じさせた。彼女はきっと優しい家族に恵まれていたんじゃないかな、とわたしは感じた。何を言っているのかはよくわからないが、別に聞いても仕方ない感じだったので、わたしも細かくは問いただささない。

「じゃあね、お嬢さん——ショップ最後の来店者になってくれてありがとう」

彼女はそう言って、コート片手に店の外へと出ていった。一度も、後ろを振り向かなかった。

「…………」

わたしが少しぼーっとしていると、腕の中の猫が飛び出して下に降りた。

そして、奥の方にある階段に向かって一直線に走っていった。

「ああ、また——」

わたしはあわてて彼を追いかけた。

階段を昇って、上の階に出る。

すると、そこにもフロアがあった。かなり広そうだが、カーテンが降りていて、薄暗くてよく見えない。

にゃあ、という彼の嬉しそうな声が聞こえてきた。続けて何かを食べる音がした。わたしはそっちの方に行きかけて、はっ、とその足が思わず停まる。

だんだん眼が慣れてきたので、フロアの中が見渡せるようになってきたら、その奥の方に誰か人がいるのがわかったのだ。

猫は、その人が彼に渡したチキンを齧《かじ》っていた。フロアに置かれているテーブルには空き瓶や汚れた皿が並んでいる。ついさっきまでパーティをやっていたらしい。

(そういえばショップは終わったとか言ってたわね——)

残念会でもやっていたのだろう。その残り物を猫にやったようだ。

「あ、あの——」

わたしはその人影に話しかけた。でもぼんやりと見える姿では、その人が男なのか女なのかよくわからなかった。性別を表す印象が希薄なのだ。前髪が眼の上まで垂れていて片目が全部隠れていて、なんだか——ゲゲゲの鬼太郎《きたろう》みたいだった。

（一応、男よね……？）

その人はわたしの方を見て、かすかにうなずきかけてきた。

「あの……？」

わたしが話しかけようとすると、その人はチキンに齧りついている猫の背中を優しく撫でながら、

「この子は、君の猫かな……？」

と質問してきた。

「え？　い、いいえ——そういう訳じゃありませんけど」

うちは両親ともに動物嫌いなので、飼える見込みは実際のところゼロなのだった。

「引き取り手が決まっているのかな」

「ええと——いや、野良猫でしょうから」

「なら、僕が面倒をみよう」

彼がそう言いながら猫を撫でると、猫は機嫌よさそうに喉を鳴らした。

変な感じだが、悪い人ではなさそうだった。

「そうですね——この子もあなたになついているみたいですし」

わたしも猫に手を伸ばして、かるく撫でた。気のせいか、さっきよりも身体が柔らかいよう

な気がした。緊張が解けたのだろう。

「ええと――あなたはジンクス・ショップの方ですか？」

それがどんな店なのかさっぱりわからないが、さっきの女性はこの建物のことをそう呼んでいた。

「ああ――そうだ」

彼はうなずいた。

「人の運命を見て……それを端的に表現するのが、仕事だ――」

彼は、潰れたというそのショップの仕事をまるでまだ続けているみたいな言い方をした。

「そして……君だが、君は常に、誰かに守られているような気がしている……違うかな」

唐突にそう言われて、わたしはどきりとした。その通りだったからだ。家族や友人にも、そして実際に、わたしの生命を守ってくれたとても大切な人もいる。わたしはいつでも、彼らに守られているようなものだ。

「え、ええ……そうです、はい」

思わず、わたしは素直にうなずいていた。すると彼は続けて、

「……君は、強い」

と奇妙なことを言った。

「はあ？」

「とても、強い……その強さに引かれて、色々な者たちが君を必要とする。君の側では、多くの者が運命から脱落していくだろう……これまでも、そしてこれからも――」

「ち、ちょっと変なこと言わないでくださいよ。わたしは別に強くなんかないし――」

脱落、という言葉に受験生のわたしはどうしてもあのことを連想してしまう。そして今、周りの人と言ったら――。

わたしの狼狽《ろうばい》に、彼は首を横に振った。

そして、半ば口ごもっているようなぼそぼそとした声で言った。

「――〝意志〟も〝己〟も充分にある。完全に、条件を満たしている――」

と訳のわからないことを言った。

「多くの運命が、脱落していった……それらを、かすめて、くぐり抜けて……最後の最後に、やっと辿り着いた……〝糸〟がつながったな――」

「えーと……？」

何を言っているのかさっぱりわからない。もっとも声が小さくて、半分も聞き取れなかったのだが。

でも、彼が猫に手を伸ばして、優しく抱きかかえたので、わたしは、

（ああ――そうか、あの猫と出会えたことを言っていたのね）

と納得した。店は潰れちゃったけど、可愛いペットは手に入った、というようなことを占い

師めいた表現で言ってみたのだろう。

「大事にしてやってくださいね」

わたしがそう言うと、彼はわたしを見つめてきて、

「ああ……君が、自分と、世界を見捨てない限りは——」

と、またしても謎めいたことを言った。

「世界……？」

わたしはその言い回しになにか、妙に引っかかる違和感を感じた。でもそれを訊いている暇はなかった。腕時計を見て、はっとなる。

藤花との待ち合わせ時間まで、あと一分もない。急いで戻らないと——。

「——あっ！　いけない！」

「あ、あの——それじゃ失礼します！」

わたしはあわてて、彼と猫にお辞儀をして、その場から小走りに去った。

外に出たら、あれ、と思って空を見上げた。

曇り空から、ぱらぱらと雨粒が落ちてきていたのだ。

これから荒れるかも知れない。嫌だなあ——と思いながら、わたしは賑やかな通りに向かって走っていった。

＊

「そうだ——世界を見捨てない限り、君はその運命から自由にはなれない——」

ショップのフロアに残った男は、天に向かってぼそりと呟いた。そして、ちら、と部屋の隅の何もない空間に眼をやって、

「なあ——カレイドスコープよ」

と囁いた。するとその虚空から、すうっ、と一人の男の姿が浮かび上がった。誰にも見えなかったが、今まで、ずっとそこにいたのだった。

「はい、お呼びですか」

左右で瞳の色が違う男は、彼の主人に向かって礼をしつつ返事をした。

腕の中のブチまだらの猫を撫でている男は、囁くように言う。

「どうやら——〝次〟の候補が決まったようだ——世界は、もう少し保つかも知れないぞ」

猫が、彼の柔らかな手の感触に少し身をよじって、にゃあ、と嬉しそうな声を上げた。

〝Welcome To Jinx Shop〟 closed.

あとがき――もしも夢が夢ならば

えー、最近はどーだか知らないが、ちょっと前まで「その人の人生というのはすべて、その遺伝子の中に情報として前もって刻まれている」とか「人というのは遺伝子の乗り物に過ぎない」とかいう論理が妙な説得力あるものとして語られていたことがあった。私はそういうのを聞く度にイライラしっぱなしであった。そういうことを主張したがる人が、いったい何が言いたいのかさっぱりわからなかったからである。遺伝子というのは人の身体の情報を、その強さ弱さも含めて持っている。それはその通りだろう。しかし、だからなんだというのである。人は病気になる。それを克服するために色々と医学の発展とか研究とかしているのではないか。そんなものに人生を決められてたまるものか、とみんな努力している訳である。遺伝子というのもそもそも医学研究の中で発見されたものであって、その方向それ自体がはじめから〝克服〟志向なのである。それがなんで、遺伝子の解析が進むと「遺伝子は絶対的な存在」という論理に結びつくのか。だいたい人生とか言っているが、別に遺伝子というのは人間にだけあるものじゃなくて、犬にも猿にも亀にもミジンコにも蚊にもあるものなんである。その遺伝子に「人間に叩かれて、潰れて死ぬ」ということが刻まれているのかっつーんである。遺伝子を絶対視して、それであんたは何が言いたいのかという話なのである。どうも「しょーがねーんだよ、あきらめな、な？」という風に言われているようにしか聞こえないのである。いったいあんたは、誰に、何をあきらめさせたいんだ？　自分にか？

別に話は遺伝子に限ったことでもないのだった。なんかこの手の論理というのはあらこちに潜んでいて、どっかに「正解」というものがあって、それには逆らってもムダみたいな意見というのは人を動揺させる。それを押さえておけば安心、という論理を歓迎する裏には、いかに人がいつもいつも不安がっているかということでもあるだろう。そして悲しいかな、その不安というのは大抵正しいのである。野生動物の生態というものを観察していると、彼らがあまりにも慎重であり、用心深いことに驚かされるそうだが、なんのことはない、動物からしたら人間に見られていることそれ自体がもう彼らの生活安全上の失敗を示しているのである。いつハンターに殺されてもおかしくないわけだから、用心も慎重も当然で、かつ役に立っていないのである。不安でいない方がおかしいというものだ。そしてもちろん、これは人間にも言えるわけだ。「あなたの不安はズバリ解決！」とか言われて「わっすごい、悩みがぴたりと当てられているよ」と驚いたりしてしまうことそれ自体にもう、あなたの不安が当然であることが証明されているのである。ズバリ解決するかどうかは知らないが——。

運命というのは決まっていて、逆らっても無駄という論理は人を不安にさせると同時に、安心させるという奇妙な二面性を持っている。それは、従っていれば悩まなくて済むから安心、というだけではないような気もする。ジンクスとかおまじないとか、ゲンを担《かつ》ぐとかいう習慣が、携帯電話でインターネットをする時代になろうが廃《すた》れないのは、あるいはそういうものを使って、人間に必ずつきまとう運命というものを我が物として捉えたいという気持ちの表れなのかも知れない。そう、運命がもしも本当に遺伝子の中に定まっているのならば、それは要するに髪の毛の癖や爪の形と大して変わらないものであるはずだ。櫛でとかせば髪型は変わるし、爪切りで切れば短くもなる。人は夢を見るし、その夢も運命で決められているものなのかも知れないが、ひとつだけはっきりしていることは、そのことはあきらめる言い訳にはならない、ということである。そいつは自分の一部のあるものばかりを気にしすぎる自意識過剰と変わらないのではないか、とか。まー決まり事って辛いけどね。仕方ねえやってことで。以上。

(まさに自意識過剰なおまえに言われてもしょーがねえと思うけど……)
(うう……まあいいじゃん)

BGM "YOU CAN'T ALLWAYS GET WHAT YOU WANT" by ROLLING STONES

●上遠野浩平著作リスト

「ブギーポップは笑わない」（電撃文庫）

「ブギーポップ・リターンズ　VSイマジネーターPart1」（同）
「ブギーポップ・リターンズ　VSイマジネーターPart2」（同）
「ブギーポップ・イン・ザ・ミラー「パンドラ」」（同）
「ブギーポップ・オーバードライブ　歪曲王」（同）
「夜明けのブギーポップ」（同）
「ブギーポップ・ミッシング　ペパーミントの魔術師」（同）
「ブギーポップ・カウントダウン　エンブリオ浸蝕」（同）
「ブギーポップ・ウィキッド　エンブリオ炎生」（同）
「冥王と獣のダンス」（同）
「ブギーポップ・パラドックス　ハートレス・レッド」（同）
「ブギーポップ・アンバランス　ホーリィ&ゴースト」（同）
「ビートのディシプリン　SIDE1」（同）
「ぼくらは虚空に夜を視る」（徳間デュアル文庫）
「わたしは虚夢を月に聴く」（同）
「あなたは虚人と星に舞う」（同）
「殺竜事件」（講談社NOVELS）
「紫骸城事件」（同）
「海賊島事件」（同）

本書に対するご意見、ご感想をお寄せください。

ファンレターあて先
〒102-8177　東京都千代田区富士見2-13-3
電撃文庫編集部
「上遠野浩平先生」係
「緒方剛志先生」係

本書は書き下ろしです。

電撃文庫

ブギーポップ・スタッカート

ジンクス・ショップへようこそ

上遠野浩平《かどのこうへい》

2003年３月25日　初版発行
2024年11月15日　９版発行

発行者　山下直久
発行　株式会社KADOKAWA
〒102-8177　東京都千代田区富士見2-13-3
0570-002-301（ナビダイヤル）
装丁者　荻窪裕司（META＋MANIERA）
印刷　株式会社KADOKAWA
製本　株式会社KADOKAWA

ISBN978-4-04-867657-1　C0193　Printed in Japan

電撃文庫　https://dengekibunko.jp/

電撃文庫創刊に際して

文庫は、我が国にとどまらず、世界の書籍の流れのなかで〝小さな巨人〟としての地位を築いてきた。古今東西の名著を、廉価で手に入りやすい形で提供してきたからこそ、人は文庫を自分の師として、また青春の想い出として、語りついできたのである。

その源を、文化的にはドイツのレクラム文庫に求めるにせよ、規模の上でイギリスのペンギンブックスに求めるにせよ、いま文庫は知識人の層の多様化に従って、ますますその意義を大きくしていると言ってよい。

文庫出版の意味するものは、激動の現代のみならず将来にわたって、大きくなることはあっても、小さくなることはないだろう。

「電撃文庫」は、そのように多様化した対象に応え、歴史に耐えうる作品を収録するのはもちろん、新しい世紀を迎えるにあたって、既成の枠をこえる新鮮で強烈なアイ・オープナーたりたい。

その特異さ故に、この存在は、かつて文庫がはじめて出版世界に登場したときと、同じ戸惑いを読書人に与えるかもしれない。

しかし、〈Changing Times,Changing Publishing〉時代は変わって、出版も変わる。時を重ねるなかで、精神の糧として、心の一隅を占めるものとして、次なる文化の担い手の若者たちに確かな評価を得られると信じて、ここに「電撃文庫」を出版する。

1993年6月10日
角川歴彦

SWORD ART ONLINE
ソードアートオンライン
川原 礫
イラスト／abec
「これは、ゲームであっても遊びではない」
《黒の剣士》キリトの活躍を描く
究極のヒロイック・サーガ!
電撃文庫

残業回避！
定時死守！
ギルドの受付嬢ですが、残業は嫌なのでボスをソロ討伐しようと思います
uketsukejou saikyou
（自分の）平穏を守るため、受付嬢が凄腕冒険者へと変貌する——!?
第27回 電撃小説大賞 金賞 受賞
ギルドの受付嬢ですが、残業は嫌なので
ボスをソロ討伐しようと思います
冒険者ギルドの受付嬢となったアリナを待っていたのは残業地獄だった!?　すべてはダンジョン攻略が進まないせい…なら自分でボスを討伐すればいいじゃない！
［著］香坂マト
［ill］がおう
電撃文庫

第28回電撃小説大賞
銀賞
受賞作
愛が、二人を引き裂いた。
BRUNHILD
竜殺しのブリュンヒルド
THE DRAGONSLAYER
東崎惟子
[絵] あおあそ
最新情報は作品特設サイトをCHECK!
https://dengekibunko.jp/special/ryugoroshi_brunhild/
電撃文庫

ほうかごがかり
ぼくらは命を懸けて、『奴ら』を記録する——。
When the midnight chime rings,
we are captured in a "Houkago".
In there, there is neither a correct answer nor a goal
or a stage clear.
Only our dead bodies are piled up.
【ほうかごがかり】
甲田学人
illustration potg
よる十二時のチャイムが鳴ると、
ぼくらは『ほうかご』に囚われる。
そこには正解もゴールもクリアもなくて。
ただ、ぼくたちの死体が積み上げられている。
鬼才・甲田学人が放つ、恐怖と絶望が支配する
"真夜中のメルヘン"。
電撃文庫

春――。名門キンバリー魔法学校に、今年も新入生がやってくる。黒いローブを身に纏い、腰に白杖と杖剣を一振りずつ。胸には誇りと使命を秘めて。魔法使いの卵たちを迎えるのは、満開の桜と魔法生物のパレード。喧噪の中、周囲の新入生たちと交誼を結ぶオリバーは、一人に少女に目を留める。腰に日本刀を提げたサムライ少女、ナナオ。二人の、魔剣を巡る物語が、今始まる――。

レプリカだって、恋をする。
Even a replica falls in love
榛名丼
［イラスト］
raemz
16歳、夏。はじめての、青春。
愛川素直という少女の
身代わりとして働く
分身体《レプリカ》、それが私。
本体のために生きるのが
使命……なのに、
恋をしてしまったんだ。
海沿いの街で
巻き起こる
ちょっぴり不思議な
青春ラブストーリー。
応募総数
4,128作品の
頂点
第29回
電撃小説大賞
大賞
受賞作
電撃文庫